AF482727

Fjodor Michailowitsch Dostojewski

Der Großinquisitor

e-artnow 2018

Fjodor Michailowitsch Dostojewski
Die DämonenDie Besessenen: Dostojewskis letzte anti-nihilistische Arbeit
(Ein Klassiker der russischen Literatur)

Gotthold Ephraim Lessing
**Gesammelte Werke: Dramen + Fabeln + Erzählungen + Gedichte + Philoso-
phische Schriften (285 Titel in einem Buch):** Nathan der Weise ... Hambur-
gische Dramaturgie + Der Freigeist...

Fjodor Michailowitsch Dostojewski
Arme Leute

Fjodor Michailowitsch Dostojewski
Weiße Nächte

Leo Tolstoi
Auferstehung

Fjodor Michailowitsch Dostojewski

Der Großinquisitor

Ein Klassiker der russischen Literatur

e-artnow, 2018
ISBN 978-80-273-1239-9

Inhaltsverzeichnis

Der Großinquisitor

»Es geht auch hier nicht ohne Vorrede ab, das heißt ohne literarisches Vorwort, hol's der Teufel!« begann Iwan lachend. »Und dabei: Was bin ich schon für ein Autor! Die Handlung spielt bei mir im sechzehnten Jahrhundert; und damals, das muß dir übrigens noch von der Schule her bekannt sein, war es eben üblich, in poetischen Erzeugnissen die himmlischen Mächte auf die Erde herabzuholen. Von Dante will ich gar nicht erst reden. In Frankreich gaben die Gerichtsschreiber und auch die Mönche in den Klöstern ganze Vorstellungen, in denen sie die Madonna, die Engel, die Heiligen, Christus und Gott selbst auf die Bühne brachten. Das geschah damals in vollkommener Einfalt. In Victor Hugos ›Notre-Dame de Paris‹ wird zur Zeit Ludwigs des Sechzehnten zu Ehren der Geburt des französischen Dauphins dem Volk im Rathaussaal von Paris eine Gratisvorstellung gegeben unter dem erbaulichen Titel: ›Le bon jugement de la tres sainte et gracieuse Vierge Marie‹, worin auch sie persönlich erscheint und ihr ›bon jugement‹ verkündet. Vor Peter dem Großen wurden bei uns in Moskau manchmal ähnliche, beinahe dramatische Vorstellungen veranstaltet, besonders aus dem Alten Testament. Zu jener Zeit waren in aller Welt auch viele Erzählungen und Gedichte im Umlauf, in denen nach Bedarf Heilige, Engel und himmlische Heerscharen handelnd auftraten. In unseren Klöstern beschäftigten sich die Mönche ebenfalls mit dem Übersetzen und Abschreiben, ja sogar mit dem Verfassen solcher Gedichte – und das selbst unter dem Tatarenjoch. Es gibt zum Beispiel eine kleine klösterliche Dichtung, selbstverständlich aus dem Griechischen: ›Die Wanderung der Mutter Gottes durch die Qualen‹, mit Schilderungen von einer Kühnheit, die der Dantes nicht nachsteht. Die Mutter Gottes besucht die Hölle, und der Erzengel Michael führt sie durch die ›Qualen‹. Sie sieht die Sünder und ihre Martern. Da ist unter anderem eine sehr interessante Klasse von Sündern in einem brennenden See: Einige von ihnen versinken so tief, daß sie nicht mehr an die Oberfläche kommen können; diese ›vergißt Gott schon‹ – ein Ausdruck von außerordentlicher Tiefe und Kraft. Und da fällt die Mutter Gottes erschüttert und weinend vor Gottes Thron nieder und bittet für alle in der Hölle um Begnadigung, für alle, die sie dort gesehen hat, ausnahmslos. Ihr Gespräch mit Gott ist höchst interessant. Sie fleht, sie läßt nicht ab, und als Gott sie auf die von Nägeln durchbohrten Hände und Füße ihres Sohnes hinweist und fragt: ›Wie kann ich denn seinen Peinigern verzeihen?‹, da befiehlt sie allen Heiligen, allen Märtyrern, allen Engeln und Erzengeln, mit ihr zusammen vor Gott niederzufallen und um die Begnadigung aller zu bitten. Es endet damit, daß sie von Gott das Verstummen der Qualen alljährlich von Karfreitag bis Pfingsten erlangt; die Sünder aus der Hölle danken dem Herrn sogleich und rufen: ›Gerecht bist du, o Herr, daß du so gerichtet hast.‹ Siehst du, von dieser Art wäre auch meine kleine Dichtung gewesen, wenn sie zu jener Zeit erschienen wäre. Bei mir tritt Er auf; allerdings spricht Er nicht, sondern erscheint nur und geht vorüber. Fünfzehn Jahrhunderte sind vergangen, seit Er die Verheißung gegeben hat, Er werde wiederkommen und sein Reich aufrichten, fünfzehn Jahrhunderte, seit sein Prophet schrieb: ›Ich komme bald, von dem Tag und der Stunde aber weiß nicht einmal der Sohn, sondern allein mein himmlischer Vater.‹ Aber die Menschheit erwartet Ihn noch immer mit dem früheren Glauben und der früheren Sehnsucht, sogar mit größerem Glauben, denn fünfzehn Jahrhunderte sind schon vergangen seit der Zeit, da der Himmel aufgehört hat, dem Menschen Unterpfänder zu geben.

Was dein Herz dir sagt, das glaube, denn der Himmel gibt kein Pfand.

So war denn nur der Glaube an das geblieben, was das Herz sagte! Allerdings geschahen damals auch viele Wunder. Es gab Heilige, die wunderbare Heilungen ausführten. Zu manchen Gerechten stieg, so die Angaben in ihren Lebensbeschreibungen, die Himmelskönigin selbst herab. Aber der Teufel schläft nicht, und es regten sich in der Menschheit schon Zweifel an der Wahrheit dieser Wunder. Zu jener Zeit war im Norden, in Deutschland, gerade eine schreckliche neue Ketzerei aufgetreten. Ein großer Stern, ›ähnlich einer Fackel, fiel auf die Wasserbrunnen, und sie wurden bitter‹. Die Anhänger dieser Ketzerei begannen gotteslästerlich die Wunder zu leugnen. Doch um so feuriger glaubten die Treugebliebenen. Die Tränen der Menschheit stiegen zu Ihm auf wie ehemals. Die Menschen erwarteten Ihn, liebten Ihn, hofften auf Ihn wie ehemals. So viele Jahrhunderte hatte die Menschheit in leidenschaftlichem Glauben gefleht: ›Herr Gott, erscheine uns!‹ So viele Jahrhunderte hatten sie nach Ihm gerufen, daß es Ihn in seinem unermeßlichen Erbarmen verlangte, zu den Betenden hinabzusteigen. War Er doch auch schon früher manchmal hinabgestiegen und hatte einzelne Gerechte, Märtyrer und fromme Eremiten auf Erden besucht, wie in ihren Lebensbeschreibungen zu lesen steht. Bei uns hat das Tjutschew, von der Wahrheit seiner Worte zutiefst überzeugt, so ausgedrückt:

In Knechtsgestalt, vom Kreuze schwer gedrückt,
durchzog er segnend jede Erdenzone.
Er, den als König aller Welten schmückt
auf höchstem Himmelsthron die Herrscherkrone.

Und so ist es auch tatsächlich geschehen, das sage ich dir. Also es verlangte Ihn, sich dem Volk zu zeigen, wenn auch nur für ganz kurze Zeit, dem leidenden, schwer sündigenden, aber Ihn doch kindlich liebenden Volk. Die Handlung spielt bei mir in Spanien, in Sevilla, in der furchtbarsten Zeit der Inquisition, als zum Ruhme Gottes täglich die Scheiterhaufen loderten und

in den Flammen prächtiger Autodafés
verbrannten die schändlichen Ketzer.

Es war dies freilich nicht jenes Herniedersteigen, bei dem Er gemäß seiner Verheißung am Ende der Zeiten in all seiner himmlischen Herrlichkeit erscheinen wird und welches plötzlich stattfinden soll, ›wie der Blitz scheinet vom Aufgang bis zum Niedergang‹. Nein, es verlangte Ihn, wenn auch nur für sehr kurze Zeit, seine Kinder zu besuchen, und zwar vor allem dort, wo gerade die Scheiterhaufen der Ketzer prasselten. Nun wandelt Er in seiner unermeßlichen Barmherzigkeit noch einmal unter den Menschen in eben jener Menschengestalt, in der Er fünfzehn Jahrhunderte früher dreiunddreißig Jahre unter ihnen geweilt hat. Er steigt hinab auf die heißen Straßen und Plätze der südlichen Stadt, wo erst tags zuvor in Gegenwart des Königs, des Hofes, der Ritter, der Kardinäle und der reizendsten Damen des Hofes sowie der ganzen zahlreichen Einwohnerschaft von Sevilla auf Geheiß des Kardinal-Großinquisitors in einem Zug fast hundert Ketzer ad majorem gloriam Dei verbrannt worden sind. Er erscheint still und unauffällig, und siehe da, es geschieht etwas Seltsames. Alle erkennen Ihn. Und woran sie Ihn erkennen – das könnte eine der besten Stellen meiner Dichtung sein. Die Volksmenge strebt mit unwiderstehlicher Gewalt zu Ihm hin, umringt Ihn, folgt Ihm. Schweigend, mit einem stillen Lächeln unendlichen Mitleids, wandelt Er unter ihnen. Die Sonne der Liebe brennt in seinem Herzen, Strahlen von Licht, Aufklärung und Kraft gehen von seinen Augen aus, ergießen sich auf die Menschen und erschüttern ihre Herzen in Gegenliebe. Er streckt die Hände nach ihnen aus und segnet sie, und von seiner Berührung, ja sogar von der Berührung seines Gewandes geht eine heilende Kraft aus. Da ruft aus der Menge ein Greis, der von seiner Kindheit an blind ist: ›Herr, heile mich, damit auch ich dich schaue!‹ Und siehe da, es fällt ihm wie Schuppen von den Augen, und der Blinde sieht Ihn. Das Volk weint und küßt die Erde, über die Er dahinschreitet. Die Kinder streuen vor Ihm Blumen auf den Weg, singen und rufen ›Hosianna! Das ist Er, das ist Er selbst! Das muß Er sein, niemand anders!‹ Er bleibt am Portal des Domes von Sevilla stehen, gerade in dem Augenblick, wo ein offener weißer Kindersarg unter Weinen und Wehklagen hineingetragen wird; darin liegt ein siebenjähriges Mädchen, die einzige Tochter eines angesehenen Bürgers. Das tote Kind ist ganz in Blumen gebettet. ›Er wird dein Kind auferwecken‹, ruft man der weinenden Mutter aus der Menge zu. Ein Pater des Doms, der herauskommt, um den Sarg in Empfang zu nehmen, macht ein erstauntes Gesicht und zieht die Augenbrauen zusammen. Aber da ertönt das laute Schluchzen der Mutter des gestorbenen Kindes. Sie wirft sich Ihm zu Füßen. ›Wenn du es bist, so erwecke mein Kind!‹ ruft sie und streckt Ihm die Hände entgegen. Der Zug bleibt stehen, der Sarg wird am Portal zu seinen Füßen niedergestellt. Er blickt voll Mitleid auf die kleine Leiche, und seine Lippen sprechen wiederum die Worte: ›Talitha, kumi – Mägdlein, stehe auf!‹ Das Mädchen erhebt sich im Sarg, setzt sich auf und schaut lächelnd mit erstaunten, weitgeöffneten Augen um sich. In den Händen hält es den Strauß weiße Rosen, mit dem es im Sarg gelegen hat. Das Volk ist starr vor Staunen, schreit und schluchzt – und siehe da, genau in diesem Augenblick geht plötzlich der Kardinal-Großinquisitor selbst über den Platz vor dem Dom. Er ist ein fast neunzigjähriger Greis, hochgewachsen und gerade, mit vertrocknetem Gesicht und eingesunkenen Augen, in denen aber noch ein schwaches Feuer glimmt. Er trägt nicht die prächtigen Kardinalsgewänder, in denen er am Vortag prunkte, als die Feinde des römischen Glaubens verbrannt wurden; nein, in diesem Augenblick trägt er nur seine alte, grobe Mönchskutte. Ihm folgen in einiger Entfernung seine finsteren Gehilfen und Knechte und die ›heilige‹ Wache. Er bleibt vor der Menge stehen und beobachtet von fern, sieht alles: wie man Ihm den Sarg vor die Füße stellt, wie das Mädchen aufersteht. Und sein Gesicht verfinstert sich. Er zieht die dichten grauen Brauen zusammen, und ein böses Feuer funkelt in seinem Blick. Er streckt einen Finger aus und befiehlt der Wache, Ihn zu ergreifen. Und seine Macht ist so groß, das Volk ist so an Unterwürfigkeit, an den blinden, furchtsamen Gehorsam ihm gegenüber gewöhnt, daß die Menge vor den Wächtern sofort auseinanderweicht und diese in plötzlicher Grabesstille Hand an Ihn legen und Ihn fortführen können. Und augenblicklich neigt sich die Menge wie ein Mann zur Erde vor dem greisen Inquisitor, der erteilt dem Volk schweigend den Segen und geht weiter. Die Wache führt den Gefangenen in ein enges, finsteres, gewölbtes Verlies in dem alten Gebäude des Heiligen Tribunals und schließt Ihn dort ein. Der Tag vergeht, die dunkle, heiße, reglose Nacht von Sevilla bricht an. Die Luft ist voll vom Duft ›nach Lorbeer und Zitronen‹. In der tiefen Dunkelheit öffnet sich plötzlich die eiserne Tür des Kerkers, und der greise Großinquisitor selbst tritt mit einem Leuchter in der Hand ein. Er ist allein, hinter ihm schließt sich sogleich wieder die Tür. Er bleibt am Eingang stehen und blickt Ihn lange, ein oder zwei Minuten, an. Endlich tritt er leise näher, stellt den Leuchter auf den Tisch und sagt zu Ihm: ›Bist du es? Ja!‹ Doch ohne eine Antwort abzuwarten, fügt er schnell hinzu: ›Antworte nicht, schweig! Was solltest du auch sagen? Ich weiß genau, was du sagen willst. Und du hast gar kein Recht, dem etwas hinzuzufügen, was du früher schon gesagt hast. Warum bist du gekommen, uns zu stören? Denn du bist gekommen, uns zu stören, du weißt das selbst. Aber weißt du auch, was morgen geschehen wird? Ich bin nicht informiert, wer du bist, und es interessiert mich auch gar nicht, ob du Er selbst bist oder nur eine Kopie von Ihm. Schon morgen jedoch werde ich dich verurteilen und als den schlimmsten aller Ketzer auf dem Scheiterhaufen verbrennen, und dasselbe Volk, das heute deine Füße geküßt hat, wird morgen auf einen Wink meiner Hand herbeistürzen und Kohlen für deinen Scheiterhaufen heranschaffen. Weißt du das? Ja, du weißt es vielleicht‹, fügt er ernst und nachdenklich hinzu, ohne auch nur einen Moment den Blick von seinem Gefangenen abzuwenden.«

»Ich versteh‹ nicht richtig, was das bedeuten soll, Iwan«, sagte Aljoscha lächelnd; er hatte die ganze Zeit schweigend zugehört. »Ist das einfach zügellose Phantasie oder irgendein Irrtum, ein Mißverständnis von seiten des Greises? Ein unerhörtes qui pro quo?«

»Nimm meinetwegen das letztere an«, erwiderte Iwan lachend, »wenn dich der moderne Realismus bereits so verwöhnt hat und du nichts Phantasievolles mehr ertragen kannst. Willst du es als qui pro quo auffassen, mag es meinetwegen so sein. Das ist ja richtig«, fügte er wieder lachend hinzu, »der Greis ist schon neunzig Jahre alt und kann über seiner Idee schon längst den Verstand verloren haben. Und der Gefangene hat ihn ja durch sein Äußeres in Erstaunen versetzen können. Es kann schließlich einfach Fieberwahn gewesen sein, die Vision eines neunzigjährigen Greises vor dem Tode, eines Greises, der noch dazu erregt ist vom Autodafé des vorhergehenden Tages, wo hundert Ketzer verbrannt worden sind. Aber kann es dir und mir nicht gleichgültig sein, ob es ein qui pro quo oder zügellose Phantasie ist? Die Sache ist doch die: Der Greis hat das Bedürfnis, sich auszusprechen! Er spricht sich endlich aus zur Entschädigung für die ganzen neunzig Jahre, und sagt das laut, was er neunzig Jahre lang verschwiegen hat.«

»Und der Gefangene schweigt ebenfalls? Er schaut ihn an und sagt kein Wort?«

»Unbedingt«, antwortete Iwan und lachte wieder. »Der Greis selbst bedeutet Ihm, daß Er gar kein Recht habe, dem etwas hinzuzufügen, was Er früher schon gesagt hat. Darin liegt vielleicht der eigentliche Grundzug des römischen Katholizismus – zumindest ist das meine Meinung. ›Du hast alles an den Papst übertragen‹, sagen sie. ›Folglich ist das jetzt alles Sache des Papstes. Und du komm jetzt nicht, störe wenigstens nicht vor der Zeit!‹ In diesem Sinne reden sie nicht nur, sondern schreiben auch so, zumindest die Jesuiten. Das habe ich selbst bei ihren Theologen gelesen. ›Hast du das Recht, uns auch nur eines der Geheimnisse jener Welt aufzudecken, aus der du gekommen bist?‹ fragt Ihn der Greis und antwortet selbst für Ihn: ›Nein, ein solches Recht hast du nicht! Du darfst dem, was du früher schon gesagt hast, nichts hinzufügen, und du darfst den Menschen nicht die Freiheit nehmen, für die du so warm eingetreten bist, als du auf Erden warst. Alles, was du neu verkünden könntest, würde die Glaubensfreiheit der Menschen beeinträchtigen, da es wie ein Wunder erscheinen würde. Und die Freiheit ihres Glaubens war dir doch damals, vor anderthalb Jahrtausenden, über alles teuer. Hast du nicht damals oft gesagt: Ich will euch frei machen? Jetzt hast du diese ›freien‹ Menschen gesehen!‹ fügt der Greis plötzlich mit einem nachdenklichen Lächeln hinzu. ›Ja, dieses Werk hat uns viel Mühe gekostet!‹ fährt er, Ihn ernst anblickend, fort. ›Aber wir haben es in deinem Namen doch glücklich zu Ende geführt. Fünfzehn Jahrhunderte haben wir uns mit dieser Freiheit abgequält – jetzt ist es mit ihr zu Ende, gründlich zu Ende. Du glaubst das nicht? Du blickst mich sanftmütig an und würdigst mich nicht einmal deines Unwillens? Doch wisse, daß diese Menschen gerade heutzutage mehr als je überzeugt sind, vollkommen frei zu sein; und dabei haben sie selbst uns ihre Freiheit gebracht und sie uns gehorsam zu Füßen gelegt. Aber das haben wir zuwege gebracht! Oder hast du das gewünscht? Hast du so eine Freiheit gewünscht?!«

»Ich verstehe schon wieder nicht«, unterbrach ihn Aljoscha. »Meint er das ironisch, macht er sich lustig?«

»Durchaus nicht. Er rechnet es sich und den Seinen geradezu als Verdienst an, daß sie endlich die Freiheit überwältigt haben, und zwar um die Menschen glücklich zu machen. ›Denn erst jetzt‹, sagt er und meint natürlich die Inquisition, ›erst jetzt ist es zum erstenmal möglich geworden, an das Glück der Menschen zu denken. Der Mensch war als Rebell erschaffen worden – können Rebellen denn glücklich sein? Du warst gewarnt‹, sagt er zu Ihm. ›Du hattest keinen Mangel an Warnungen und Hinweisen, aber du hörtest nicht auf sie. Du verschmähtest den einzigen Weg, auf dem es möglich war, die Menschen glücklich zu machen. Doch zum Glück übergabst du diese Aufgabe uns, als du weggingst, du versprachst es; du bekräftigtest es mit deinem Wort, du gabst uns das Recht zu binden und zu lösen – und natürlich kannst du dir jetzt nicht einfallen lassen, uns dieses Recht wieder zu nehmen. Warum also bist du gekommen, uns zu stören?‹«

»Was bedeutet das: ›Du hattest keinen Mangel an Warnungen und Hinweisen‹?« fragte Aljoscha.

»Das ist gerade der Hauptpunkt, über den der Greis sich unbedingt aussprechen möchte. ›Der furchtbare und kluge Geist, der Geist der Selbstvernichtung und des Nichtseins‹, fährt der Greis fort, ›der große Geist hat mit dir in der Wüste gesprochen, und es ist uns in der Schrift überliefert, daß er dich versucht hat. War es so? Und hätte er dir etwas Wahreres sagen können als das, was er dir in den drei Fragen kundtat? Was in der Schrift ›Versuchungen‹ heißt und von dir zurückgewiesen wurde? Und doch: Wenn es auf Erden jemals ein wahrhaftes, donnergleiches Wunder gegeben hat, so jenes an dem Tag dieser drei Versuchungen. Eben in diesen drei Fragen lag das Wunder. Wenn man sich nur so zur Probe und zum Beispiel vorstellen könnte, diese drei Fragen des furchtbaren Geistes wären spurlos verlorengegangen, und man müßte sie neu stellen, von neuem ausdenken und formulieren, um sie wieder in die Schrift einzusetzen, und alle Weisen der Erde würden zu diesem Zweck versammelt, Regenten, Erzpriester, Gelehrte, Philosophen und die Dichter, und ihnen würde die Aufgabe gestellt, drei Fragen auszusinnen und zu formulieren, aber so, daß sie nicht nur der Größe des Ereignisses entsprächen, sondern darüber hinaus in drei Worten, in nicht mehr als drei menschlichen Sätzen die gesamte künftige Geschichte der Welt und des Menschengeschlechts zum Ausdruck brächten – meinst du, daß die gesamte vereinigte Weisheit der Erde etwas ersinnen könnte, was an Kraft und Tiefe jenen drei Worten gleichkäme, die dir damals von dem mächtigen, klugen Geist in der Wüste tatsächlich vorgelegt wurden? Schon an diesen Fragen, allein an dem Wunder, daß und wie sie gestellt wurden, läßt sich erkennen, daß man es nicht mit einem menschlichen vergänglichen Verstand, sondern mit einem ewigen, absoluten zu tun hat. Denn in diesen drei Fragen ist gleichsam die gesamte weitere Geschichte des Menschengeschlechts zusammengefaßt und vorhergesagt. Es sind die drei Formen aufgezeigt, in denen alle unlösbaren historischen Widersprüche der menschlichen Natur auf dieser Erde eingeschlossen sind. Damals konnte das noch nicht verständlich werden, denn die Zukunft war unbekannt. Doch jetzt, da fünfzehn Jahrhunderte vergangen sind, erkennen wir, daß mit diesen drei Fragen alles so genau vorhergesagt und so genau eingetroffen ist, daß ihnen nichts mehr hinzugefügt oder von ihnen weggenommen werden kann.

Entscheide selbst, wer recht hatte: Du oder jener, der dich damals fragte. Erinnere dich an die erste Frage! Wenn sie auch nicht buchstäblich so lautete, ihr Sinn war doch folgender: ›Du willst in die Welt gehen und gehst mit leeren Händen, mit einem Versprechen von Freiheit, das sie in ihrer Einfalt und angeborenen Schlechtigkeit nicht einmal begreifen können, das ihnen Furcht und Schrecken einflößt – denn nichts ist jemals für den Menschen und für die menschliche Gesellschaft unerträglicher gewesen als Freiheit! Aber siehst du die Steine hier in dieser nackten, glühenden Wüste? Verwandle sie in Brot, und die Menschheit wird dir wie eine Herde nachlaufen, dankbar und gehorsam, wenn auch in steten Zittern, du könntest deine Hand von ihnen nehmen, und es hätte dann mit deinen Broten für sie ein Ende!‹ Du wolltest den Menschen nicht der Freiheit berauben und verschmähtest den Vorschlag. Denn was ist das für eine Freiheit, so urteiltest du, wenn der Gehorsam durch Brot erkauft wird? Du erwidertest, der Mensch lebt nicht vom Brot allein. Weißt du jedoch, daß sich der Geist der Erde im Namen dieses Brotes gegen dich erheben und dich besiegen wird, daß alle ihm folgen werden mit dem Ruf: ›Wer tut es diesem Tier gleich? Es gab uns das Feuer vom Himmel!‹ Weißt du auch, daß die Menschheit nach Jahrhunderten durch den Mund ihrer Weisen und Gelehrten verkünden wird, es gebe kein Verbrechen und folglich auch keine Sünde, sondern es gebe nur Hungrige? Mach sie satt, und verlang erst dann von ihnen Tugend – dies werden sie auf ihr Banner schreiben, das sie gegen dich erheben und durch das sie deinen Tempel stürzen werden. Anstelle deines Tempels wird man einen neuen Bau aufführen. Erheben wird sich erneut ein furchtbarer Turm von Babylon, und obgleich der ebensowenig wie der frühere zu Ende gebaut werden dürfte, hättest du ihn doch vermeiden und die Leiden der Menschen um tausend Jahre verkürzen können! Zu uns nämlich kommen sie, wenn sie sich tausend Jahre mit ihrem Turm abgequält haben. Sie werden uns wieder unter der Erde suchen, in den Katakomben, in denen wir uns verborgen halten, denn wir werden wieder verfolgt und gemartert sein. Sie werden uns finden und uns zurufen: Macht uns satt! Die uns das Feuer vom Himmel versprachen, haben es uns nicht gegeben... Und dann werden wir auch ihren Turm zu Ende bauen, denn zu Ende bauen wird ihn, wer sie satt macht. Satt machen aber werden nur wir sie, und wir werden lügen, es geschehe in deinem Namen. Oh, niemals werden sie ohne uns satt werden! Keine Wissenschaft wird ihnen Brot geben, solange sie frei bleiben – und enden wird es damit, daß sie uns ihre Freiheit zu Füßen legen und sagen: Knechtet uns lieber, aber macht uns satt! Sie werden schließlich selbst begreifen, daß Freiheit und reichlich Brot für alle zusammen nicht denkbar ist, denn niemals, niemals werden sie imstande sein, untereinander zu teilen! Sie werden auch zu der Überzeugung gelangen, daß sie niemals frei sein können, weil sie schwach, lasterhaft, bedeutungslos und rebellisch sind. Du versprachst ihnen himmlisches Brot, doch ich wiederhole: Läßt sich das in den Augen des schwachen, ewig lasterhaften und ewig undankbaren Menschengeschlechts mit dem irdischen Brot vergleichen? Und wenn dir um des himmlischen Brotes willen Tausende und aber Tausende nachfolgen, was wird dann aus den Millionen und aber Millionen jener Wesen, die nicht die Kraft haben, das irdische Brot um des himmlischen willen geringzuschätzen? Oder sind dir nur die Tausende von Großen und Starken teuer, und sollen die übrigen Millionen, zahlreich wie Sand am Meer, die Schwachen, die dich lieben, nur als Material für die Großen und Starken dienen? Nein, uns sind auch die Schwachen teuer. Sie sind lasterhaft und rebellisch, schließlich aber werden auch sie gehorsam werden. Sie werden uns anstaunen und für Götter halten, weil wir uns an ihre Spitze stellen, bereit, die Freiheit zu ertragen, vor der sie Angst haben, und über sie zu herrschen, – so schrecklich wird es ihnen schließlich vorkommen, frei zu sein. Aber wir werden sagen, wir seien dir gehorsam und herrschen in deinem Namen. Wir werden sie wieder täuschen, denn dich werden wir nicht mehr zu uns lassen. In dieser Täuschung wird jedoch auch unser Leiden liegen; denn wir werden gezwungen sein zu lügen. Das also hatte diese erste Frage in der Wüste zu bedeuten. Das verschmähtest du um der Freiheit willen, die du höher stelltest als alles andere. Es lag in dieser Frage das große Geheimnis der Welt beschlossen. Hättest du das ›Brot‹ angenommen, so hättest du damit einem allgemeinen und ewigen menschlichen Sehnen entsprochen, dem Sehnen jedes einzelnen Menschen genauso wie dem der gesamten Menschheit, jenem Sehnen, das sich in der Frage ausdrückt: Wen soll ich anbeten? Es gibt für einen Menschen, der frei geblieben ist, keine unausweichlichere, dauerndere, quälendere Sorge, als möglichst rasch jemand zu finden, den er anbeten kann. Aber der Mensch möchte nur etwas anbeten, was bereits unbestritten ist, so unbestritten, daß sich alle Menschen zugleich zu gemeinsamer Anbetung bereit finden. Denn es ist nicht so sehr die Sorge dieser kläglichen Geschöpfe, etwas zu finden, was ich oder ein anderer anbeten kann, sondern etwas, woran alle glauben und was alle anbeten, unbedingt alle zusammen. Und eben dieses Bedürfnis nach gemeinsamer Anbetung bildet die wesentliche Qual jedes einzelnen Individuums wie der ganzen Menschheit seit Anbeginn der Zeiten. Um der gemeinsamen Anbetung willen vernichteten sie sich gegenseitig mit dem Schwert. Sie schufen sich Götter und riefen einander zu: Entsagt euren Göttern und betet unsere an – oder Tod euch und euren Göttern! Und so wird es sein bis ans Ende der Welt, selbst wenn die Götter aus der Welt verschwinden. Das macht den Menschen nichts aus, dann werden sie eben vor Götzen niederfallen. Du kanntest dieses wichtigste Geheimnis der menschlichen Natur, es konnte dir nicht unbekannt sein. Doch du hast das einzig wirksame Banner, das dir angeboten wurde, um alle zu zwingen, dich widerspruchslos anzubeten – das Banner des irdischen Brotes –, zurückgewiesen. Hast es zurückgewiesen um der Freiheit und des himmlischen Brotes willen. Sieh dir doch an, was du getan hast! Und alles um der Freiheit willen! Ich sage dir, der Mensch kennt keine quälendere Sorge, als jemand zu finden, dem er so schnell wie möglich das Geschenk der Freiheit übergeben kann, mit dem er, dieses unglückliche Geschöpf, geboren wird. Aber nur der bekommt die Freiheit der Menschen in seine Gewalt, der ihr Gewissen beruhigt. Mit dem Brot wurde dir ein unbestrittenes Banner angeboten: Wenn du ihm Brot gibst, betet dich der Mensch an, denn nichts ist unbestrittener als das Brot. Doch wenn zur gleichen Zeit ohne dein Wissen jemand sein Gewissen in die Gewalt bekommt – oh, dann läßt der Mensch sogar dein Brot im Stich und folgt dem, der sein Gewissen verführt. In diesem Punkt hattest du recht. Das Geheimnis des menschlichen Seins besteht nämlich nicht darin, daß man lediglich lebt, sondern darin, wofür man lebt. Hat der Mensch keine feste Vorstellung von dem Zweck, für den er lebt, so mag er nicht weiterleben und vernichtet sich eher selbst, als daß er auf der Erde bleibt – mögen auch noch so viele Brote um ihn herumliegen. Und was war nun das Ergebnis? Statt die Freiheit der Menschen in deine Gewalt zu bringen, hast du sie ihnen noch vermehrt! Oder hattest du vergessen, daß Ruhe und sogar Tod dem Menschen lieber sind als freie Wahl in der Erkenntnis von Gut und Böse? Nichts ist für den Menschen verführerischer als die Freiheit seines Gewissens, aber nichts ist auch qualvoller. Statt dem Menschen ein für allemal feste Grundlagen zur Beruhigung seines Gewissens zu geben, hast du ihm alles aufgebürdet, was es an Ungewöhnlichem, Rätselhaftem und Unbestimmtem gibt, alles, was die Kraft der Menschen übersteigt. Du hast somit gehandelt, als ob du sie überhaupt nicht liebtest, obwohl du doch gekommen warst, um für sie dein eigenes Leben hinzugeben! Statt die Freiheit der Menschen in deine Gewalt zu bringen, hast du sie vermehrt und mit ihren Qualen das Seelenleben des Menschen für allezeit belastet. Du wünschtest freiwillige Liebe von seiten des Menschen, frei sollte er dir nachfolgen, entzückt und gefesselt von dir. Statt des festen alten Gesetzes sollte der Mensch künftig selbst mit freiem Herzen entscheiden, was gut und böse ist, und dabei nur dein Vorbild als Orientierungshilfe vor sich haben. Hast du dabei wirklich nicht bedacht, daß er schließlich sogar dein Vorbild und deine Wahrheit verwerfen und als unverbindlich ablehnen wird, wenn man ihm so eine furchtbare Last aufbürdet, wie Freiheit der Wahl? Schließlich werden die Menschen sagen, du bist nicht die Wahrheit; denn man konnte sie kaum in größerer Verwirrung und Qual zurücklassen, als du es tatest, indem du ihnen so viele Sorgen und unlösbare Aufgaben hinterließest. Auf diese Weise hast du selbst den Grund zur Zerstörung deines Reiches gelegt und darfst niemand sonst beschuldigen. Dabei wurde dir doch etwas ganz anderes vorgeschlagen! Es gibt auf der Erde nur drei Mächte, die imstande sind, das Gewissen dieser schwächlichen Rebellen zu ihrem Glück für allezeit zu besiegen und zu fesseln: das Wunder, das Geheimnis und die Autorität. Du hast das erste und das zweite und das dritte verschmäht und durch dein eigenes Verhalten ein Beispiel gegeben. Als der furchtbare, kluge Geist dich auf die Zinne des Tempels stellte und sagte: Wenn du wissen willst, ob du Gottes Sohn bist, so stürz dich hinab! Denn von ihm steht geschrieben, daß die Engel ihn auffangen und tragen werden und er nicht fallen und sich nicht stoßen wird. Und dann wirst du erkennen, ob du Gottes Sohn bist, und beweisen, wie groß dein Glaube an deinen Vater ist... Aber du hast diesen Vorschlag zurückgewiesen und dich nicht hinabgestürzt. Natürlich handeltest du stolz und großartig wie ein Gott – aber sind die Menschen, dieses schwache, rebellische Geschlecht, etwa Götter? Oh, du hast damals eingesehen: Wenn du auch nur einer Schritt tun, nur eine Bewegung machen würdest, dich hinabzustürzen, würdest du damit Gott versuchen und allen Glauben an ihn verlieren und auf der Erde zerschmettern, die du zu retten gekommen warst; und der kluge Geist, der dich versuchte, würde sich freuen. Aber ich sage noch einmal: Gibt es viele solche wie dich? Und hast du wirklich auch nur einen Augenblick annehmen können, auch die Kraft der Menschen könnte ausreichen, einer derartigen Versuchung zu widerstehen? Ist die Natur des Menschen etwa so beschaffen, daß er das Wunder ablehnen und in solchen schweren Augenblicken des Lebens, Augenblicken der furchtbarsten und qualvollsten letzten Seelenfragen, allein mit der freien Entscheidung des Herzens auskommen kann? Du wußtest, daß deine Tat in der Schrift festgehalten würde, daß sie bis ans Ende aller Zeiten und bis an die letzten Grenzen der Erde gelangen würde, und du hofftest, auch der Mensch würde, dir nachfolgend, in der Gemeinschaft mit Gott bleiben, ohne des Wunders zu bedürfen. Aber du wußtest nicht, daß der Mensch, sobald er das Wunder ablehnt, zugleich auch Gott ablehnt, weil er nicht so sehr Gott als vielmehr das Wunder sucht. Und da der Mensch nicht imstande ist, ohne Wunder auszukommen, wird er sich neue Wunder schaffen, eigene Wunder; er wird sich vor den Wundern der Zauberer und Hexen beugen, mag er auch hundertmal als Rebell, Ketzer oder Atheist gelten. Du bist nicht vom Kreuz herabgestiegen, als dir höhnisch zugerufen wurde: Steig herab vom Kreuz, und wir werden glauben, daß du der Sohn Gottes bist! Du bist nicht herabgestiegen, weil du abermals den Menschen nicht durch ein Wunder knechten wolltest, weil du einen freien Glauben wünschtest, keinen Wunderglauben. Du wünschtest freiwillige Liebe und nicht sklavisches Entzücken des Unfreien über eine Macht, die ihm ein für allemal Schrecken einflößt. Aber auch hier hast du von den Menschen zu hoch gedacht, denn sie sind allerdings Unfreie, wenn sie auch als Rebellen geschaffen worden sind. Sieh um dich und urteile selbst! Fünfzehn Jahrhunderte sind jetzt verflossen; bitte, sieh dir die Menschen an: wen hast du zu dir emporgehoben? Ich schwöre dir, der Mensch ist schwächer und niedriger, als du geglaubt hast! Kann er, frage ich, überhaupt ausführen, was du ausgeführt hast? Indem du ihn so hoch einschätztest, hast du gehandelt, als ob du kein Mitleid mehr für ihn empfändest, du hast zuviel von ihm verlangt, du, der du ihn doch mehr liebtest als dich selbst! Hättest du ihn weniger hoch eingeschätzt, hättest du auch weniger von ihm verlangt; das wäre der Liebe näher gekommen, denn es hätte seine Bürde leichter gemacht. Er ist schwach und gemein. Daß er jetzt überall gegen unsere Macht rebelliert und auf diese Rebellion stolz ist – was will das besagen? Das ist der Stolz eines Kindes, eines Schulknaben. Das sind Kinder, die in der Klasse revoltieren und den Lehrer vertreiben. Aber auch der Jubel dieser Kinder wird sein Ende finden; er wird ihnen teuer zu stehen kommen. Sie werden die Tempel niederreißen und die Erde mit Blut überschwemmen. Aber schließlich werden die dummen Kinder merken, daß sie doch nur schwächliche Rebellen sind, die ihre eigene Rebellion nicht aushalten. In dumme Tränen ausbrechend, werden sie bekennen, daß sich derjenige, der sie zu Rebellen erschaffen hat, ohne Zweifel über sie hat lustig machen wollen. Sie werden das voller Verzweiflung sagen, und was sie sagen, wird eine Gotteslästerung sein, die sie noch unglücklicher macht; denn die menschliche Natur erträgt keine Gotteslästerung und bestraft sich zuletzt immer selbst dafür.

Und so sind jetzt Unruhe, Verwirrung und Unglück das Los der Menschen, nachdem du so viel für ihre Freiheit gelitten hast! Dein großer Prophet sagt in einer allegorischen Vision, er habe alle Teilnehmer der ersten Auferstehung gesehen, aus jedem Stamm zwölftausend. Aber wenn es so viele waren, dann waren auch sie wohl kaum Menschen, sondern Götter. Sie haben dein Kreuz getragen. Sie haben es erduldet, jahrzehntelang in der öden Wüste zu leben und sich von Heuschrecken und Wurzeln zu ernähren. Du kannst in der Tat stolz auf diese Kinder der Freiheit hinweisen, die dich freiwillig geliebt und um deines Namens willen freiwillig ein so großartiges Opfer gebracht haben. Aber vergiß nicht, daß es im ganzen nur ein paar Tausend waren, und zwar Götter – aber die übrigen? Was können die übrigen, die schwachen Menschen, dafür, daß sie nicht dasselbe ertragen konnten wie die Starken? Was kann eine schwache Seele dafür, daß sie nicht imstande ist, so furchtbare Gaben aufzunehmen? Bist du wirklich nur zu den Auserwählten und für die Auserwählten gekommen? Wenn es so ist, liegt hier ein Geheimnis vor, und wir können es nicht verstehen. Wenn aber ein Geheimnis vorliegt, so waren auch wir berechtigt, dies zu verkünden und die Menschen zu lehren, daß nicht der freie Entschluß ihrer Herzen und nicht die Liebe das Entscheidende ist, sondern jenes Geheimnis, dem sie sich blind unterordnen müssen, selbst gegen ihr Gewissen. Das haben wir denn auch getan. Wir haben deine Tat verbessert und sie auf das Wunder, das Geheimnis und die Autorität gegründet. Und die Menschen freuten sich, daß sie wieder wie eine Herde geleitet wurden und daß endlich das furchtbare Geschenk, das ihnen so viel Qual bereitet hatte, von ihren Herzen genommen war. Sprich, waren wir berechtigt, so zu lehren und so zu handeln? Haben wir die Menschheit etwa nicht geliebt, als wir so freundlich ihre Schwäche anerkannten, ihre Bürde liebevoll erleichterten und ihrer schwachen Natur sogar die Sünde gestatteten, wenn sie mit unserer Erlaubnis geschah? Warum bist du jetzt gekommen, uns zu stören? Und warum siehst du mich schweigend und durchdringend an mit deinen sanften Augen? Werde zornig! Ich will deine Liebe nicht, weil ich dich selbst nicht liebe. Und was könnte ich vor dir schon verbergen? Als ob ich nicht wüßte, mit wem ich rede! Was ich dir zu sagen habe, ist dir bereits alles bekannt, das lese ich in deinen Augen. Und ich sollte unser Geheimnis vor dir verbergen? Vielleicht willst du es gerade aus meinem Munde vernehmen. So höre denn! Wir sind nicht mit dir im Bunde, sondern mit ihm – das ist unser Geheimnis! Wir sind schon seit langer Zeit nicht mehr mit dir im Bunde, sondern mit ihm, schon acht Jahrhunderte lang. Genau acht Jahrhunderte ist es her, daß wir von ihm annahmen, was du unwillig zurückgewiesen hast: jene letzte Gabe, die er dir anbot, indem er dir alle Reiche der Erde zeigte. Wir haben von ihm Rom empfangen und das Schwert des Cäsar und haben uns selbst zu Herren der Erde, zu ihren einzigen Herren erklärt, obwohl wir unser Werk bis heute noch nicht zum vollen Abschluß zu bringen vermochten. Aber wessen Schuld ist das? Oh, dieses Werk befindet sich jetzt erst im Anfangsstadium, aber begonnen ist es. Lange noch werden wir auf seine Vollendung warten müssen, und viel wird die Erde noch leiden. Aber wir werden ans Ziel gelangen, wir werden Cäsaren sein, und dann werden wir auch an das Glück aller Menschen auf Erden denken. Du aber hättest schon damals das Schwert des Cäsar ergreifen können. Warum hast du diese letzte Gabe zurückgewiesen? Hättest du diesen dritten Rat des mächtigen Geistes angenommen, so hättest du alle Wünsche erfüllt, die der Mensch hier auf Erden hegt. Er hätte jemand gehabt, den er anbeten und dem er sein Gewissen anvertrauen kann; er hätte die Möglichkeit gesehen, daß sich endlich alle gemeinsam und einmütig zu einem umfassenden, von niemand bestrittenen Ameisenhaufen vereinigen. Das Bedürfnis zu universeller Vereinigung ist nämlich die dritte und letzte Qual der Menschen. Immer hat die Menschheit in ihrer Gesamtheit danach gestrebt, sich unter allen Umständen universell zu gestalten. Es hat viele große Völker mit großer Geschichte gegeben. Doch je höher diese Völker standen, desto unglücklicher waren sie, weil sie stärker als die anderen das Bedürfnis nach einer universellen Vereinigung der Menschen empfanden. Große Eroberer, wie Timur und Dschingis-Khan, fegten wie ein Wirbelsturm über die Erde, bestrebt, die Welt zu erobern. Aber auch sie drückten, obgleich unbewußt, das große Bedürfnis der Menschheit nach allgemeiner, allumfassender Vereinigung aus. Hättest du das Schwert und den Purpur des Cäsar angenommen, so hättest du eine Weltherrschaft begründet und der ganzen Welt Ruhe gebracht.

Denn wem anders steht es zu, über die Menschen zu herrschen, als denen, die das Gewissen der Menschen in ihrer Gewalt haben und in deren Händen das Brot der Menschen ist? Wir unsererseits haben das Schwert des Cäsar ergriffen; dabei haben wir uns freilich von dir abgewandt und sind ihm gefolgt. Oh, noch jahrhundertelang wird der Unfug des freien Verstandes, der Wissenschaft und Menschenfresserei dauern! Denn sie, die ihren babylonischen Turm ohne uns aufzuführen begannen, werden bei der Menschenfresserei enden. Doch dann, dann wird das Tier zu uns gekrochen kommen und unsere Füße lecken und sie mit den blutigen Tränen seiner Augen benetzen. Und wir werden uns auf das Tier setzen und den Kelch erheben, auf dem geschrieben steht: Geheimnis! Erst dann wird für die Menschen das Reich der Ruhe und des Glücks anbrechen. Du bist stolz auf deine Auserwählten. Aber du hast nur Auserwählte, während wir allen Ruhe bringen. Und noch eins. Wie viele von diesen Auserwählten und von den Starken, die da hätten Auserwählte werden können, sind es schließlich müde geworden, auf dich zu warten! Sie haben die Kräfte ihres Geistes und die Glut ihres Herzens auf ein anderes Feld übertragen und tun das auch jetzt noch und werden es tun, bis sie ihr Freiheitsbanner sogar gegen dich erheben. Aber du selbst hast dieses Banner erhoben. Bei uns jedoch werden alle glücklich sein und nicht mehr rebellieren und einander vernichten, wie es unter deiner Freiheit allerorten geschah. Oh, wir werden sie davon überzeugen, daß sie erst dann wahrhaft frei sein werden, wenn sie ihrer Freiheit zu unseren Gunsten entsagen und uns gehorchen. Nun, werden wir damit recht haben? Oder wird das eine Lüge sein? Sie werden selber einsehen, daß wir recht haben! Denn sie werden sich erinnern, zu welcher schrecklichen Sklaverei und Verwirrung sie deine Freiheit gebracht hat. Freiheit, freie Vernunft und Wissenschaft werden sie in solche Abgründe führen und sie vor solche Wunder und solche unlöslichen Geheimnisse stellen, daß manche von ihnen, die Unbotmäßigen und Trotzigen, sich selbst vernichten, andere, die Unbotmäßigen, aber Schwachen, sich gegenseitig vernichten, und die dritten, die Schwächlichen und Unglücklichen, uns zu Füßen kriechen und zu uns aufwinseln werden: Ja, ihr hattet recht! Ihr allein wart im Besitz seines Geheimnisses! Wir kehren zu euch zurück, rettet uns vor uns selbst! Wenn sie von uns Brot erhalten, werden sie allerdings deutlich erkennen, daß wir ihnen ihr eigenes Brot, das sie mit ihren eigenen Händen erarbeitet haben, wegnehmen, um es dann wieder unter sie zu verteilen, ohne jedes Wunder. Sie werden sehen, daß wir nicht Steine in Brot verwandelt haben, doch in Wahrheit werden sie sich – mehr als über das Brot selbst – darüber freuen, daß sie es aus unseren Händen empfangen! Sie werden sich nämlich sehr gut erinnern, daß sich früher, ohne uns, das durch ihre Arbeit erworbene Brot in ihren Händen in Steine verwandelte, daß aber nach ihrer Rückkehr zu uns selbst die Steine in ihren Händen zu Brot wurden. Und sehr wohl werden sie zu schätzen wissen, was es bedeutet, sich ein für allemal zu unterwerfen! Solange die Menschen das nicht begreifen, werden Sie unglücklich sein. Und nun sag, wer hat am meisten zu diesem Unverständnis beigetragen? Wer hat die Herde zersplittert und auf unbekannte Wege versprengt? Die Herde wird sich jedoch von neuem sammeln und von neuem unterwerfen, und dann ein für allemal. Dann werden wir den Menschen ein stilles, friedliches Glück gewähren: das Glück der schwachen Wesen, als die sie nun einmal geschaffen sind. Oh, wir werden sie schließlich überreden, ihren Stolz abzulegen! Du hast sie emporgehoben und dadurch stolz gemacht. Wir werden ihnen beweisen, daß sie nur schwache, armselige Kinder sind, daß aber das Glück von Kindern süßer ist als jedes andere. Sie werden eingeschüchtert zu uns aufblicken und sich ängstlich an uns drücken – wie die Kücken an die Henne. Sie werden uns anstaunen und fürchten und stolz sein, daß unsere Macht und Klugheit uns befähigt hat, so eine störrische Herde von tausend Millionen zu zähmen. Sie werden kraftlos zittern vor unserem Zorn, ihr Geist wird verzagen, ihre Augen werden dem Weinen nahe sein wie die von Kindern und Frauen – doch ebenso leicht werden sie auch auf unseren Wink zu Fröhlichkeit und Gelächter, zu heller Freude und glückseligen Kinderliedchen übergehen. Ja, wir werden sie zwingen zu arbeiten; ihre arbeitsfreien Stunden aber werden wir ihnen zu einem kindlichen Spiel umgestalten, mit Kinderliedern, Chorgesängen und unschuldigen Tänzen. Oh, wir werden ihnen auch die Sünde erlauben. Sie sind kraftlos und werden uns wie Kinder dafür lieben, daß wir ihnen gestatten zu sündigen. Wir werden ihnen sagen, jede Sünde könne wiedergutgemacht werden, sofern sie mit unserer Erlaubnis begangen worden ist. Und wenn ihnen also von uns gestattet werde zu sündigen, so habe das seinen Grund in unserer Liebe zu ihnen. Die Strafe für diese Sünden seien wir bereit, auf uns zu nehmen. Und wir werden sie auch auf uns nehmen! Sie aber werden uns als ihre Wohltäter vergöttern, weil wir vor Gott ihre Sünden auf uns nehmen. Und sie werden keinerlei Geheimnisse vor uns haben. Wir werden ihnen erlauben oder verbieten, mit ihren Frauen und Geliebten zu leben, Kinder zu haben oder keine Kinder zu haben, alles je nach ihrem Gehorsam, und sie werden sich uns mit Lust und Freude unterwerfen. Auch die qualvollsten Geheimnisse ihres Gewissens – alles werden sie uns anvertrauen, und wir werden alles entscheiden. Und sie werden unserer Entscheidung mit Freuden glauben, weil sie durch diese von der großen Sorge und der furchtbaren Qual freier persönlicher Entscheidung befreit sein werden. Und alle die Millionen von Wesen werden glücklich sein, mit Ausnahme der Hunderttausend, die über sie herrschen. Denn nur wir, die Hüter des Geheimnisses, werden unglücklich sein. Es wird Tausende von Millionen glücklicher Kinder geben und hunderttausend Dulder, die den Fluch der Erkenntnis von Gut und Böse auf sich genommen haben. Still werden sie sterben, still in deinem Namen erlöschen und jenseits des Grabes nur den Tod finden. Das jedoch werden wir geheimhalten und die Menschen durch die Verheißung einer ewigen, himmlischen Belohnung zu ihrem eigenen Glück locken. Denn selbst wenn es etwas im Jenseits gäbe, dann doch sicherlich nicht für solche wie sie. Es wird prophezeit, du würdest wiederkommen mit deinen Auserwählten, mit deinen Stolzen und Starken und einen neuen Sieg erringen. Aber wir werden sagen, diese hätten nur sich selbst gerettet, wir hingegen alle Menschen. Es wird gesagt, die Hure, die auf dem Tier sitzt und das Geheimnis in ihren Händen hält, würde beschimpft werden, und die Schwachen würden sich abermals empören und das Purpurgewand der Hure zerreißen und ihren gemeinen Körper entblößen. Doch dann werde ich aufstehen und dich auf die Tausende von Millionen glücklicher Kinder hinweisen, die keine Sünde gekannt haben. Und wir, die wir um ihres Glückes willen ihre Sünde auf uns genommen haben, werden vor dich hintreten und sagen: Verurteile uns, wenn du das kannst und wagst! Du sollst wissen, daß ich dich nicht fürchte. Daß auch ich in der Wüste war, daß auch ich mich von Heuschrecken und Wurzeln ernährte, daß auch ich die Freiheit segnete, mit der du die Menschen gesegnet hattest, daß auch ich mich vorbereitete, in die Schar deiner Auserwählten, der Starken und Mächtigen, einzutreten mit dem heißen Wunsch, ihre Zahl voll zu machen. Aber ich kam zur Besinnung und hatte kein Verlangen mehr, dem Wahnsinn zu dienen. Ich kehrte zurück und schloß mich denen an, die deine Tat verbesserten. Ich ging fort von den Stolzen und kehrte zu den Demütigen zurück, um diese glücklich zu machen. Was ich dir sage, wird in Erfüllung gehen, und unser Reich wird errichtet werden. Ich wiederhole, schon morgen wirst du sehen, wie diese gehorsame Herde auf meinen ersten Wink herbeistürzt und glühende Kohlen für deinen Scheiterhaufen zusammenscharrt. Für den Scheiterhaufen, auf dem ich dich verbrennen werde dafür, daß du gekommen bist, uns zu stören. Wenn jemals einer vor allen anderen unseren Scheiterhaufen verdient hat, so bist du es. Morgen werde ich dich verbrennen. Dixi.«

Iwan schwieg. Er war beim Sprechen in Eifer geraten und hatte sich von seinem Stoff hinreißen lassen. Doch als er fertig war, lächelte er auf einmal.

Aljoscha hatte ihm die ganze Zeit schweigend zugehört; gegen Ende war er vor Erregung wiederholt im Begriff, den Bruder zu unterbrechen, hatte sich aber offenbar gewaltsam beherrscht. Doch jetzt sprang er plötzlich auf und fing an zu reden.

»Aber, das ist ja Unsinn!« rief er errötend. »Deine Dichtung ist ein Lob Jesu, keine Schmähung, die du doch wolltest. Und wer soll dir glauben, was du da von der Freiheit gesagt hast? Muß man sie denn ausgerechnet so auffassen? Ist das etwa die Auffassung unserer rechtgläubigen Kirche? Das ist Rom, und nicht einmal das ganze Rom! Das ist eine Unwahrheit! – Das sind nur die schlechtesten Elemente des Katholizismus, die Inquisitoren, die Jesuiten! Und eine solche Phantasieperson wie deinen Inquisitor kann es überhaupt nicht geben. Was sind das für Sünden der Menschen, die da auf sich genommen wurden? Was sind das für Geheimnisträger, die einen bestimmten Fluch auf sich genommen haben, um die Menschen glücklich zu machen?

Wann hat man von ihnen gehört? Wir kennen die Jesuiten, es wird schlecht über sie gesprochen, trifft aber auf sie zu, was du da sagst? Sie sind ganz und gar nicht so, überhaupt nicht … Sie sind einfach die römische Armee für das künftige irdische Weltreich, an dessen Spitze der römische Erzpriester als Imperator stehen soll … Das ist ihr Ideal, ohne alle Geheimnisse und ohne allen erhabenen Kummer … Es handelt sich um das einfachste Verlangen nach Macht, nach schmutzigen irdischen Gütern, nach Ausbeutung, nach einer neuen Art von Leibeigenschaft, wobei sie natürlich selbst die Gutsbesitzer werden möchten. Das ist alles, was sie wollen. Vielleicht glauben sie gar nicht an Gott. Dein leidender Inquisitor ist nichts als Phantasie …«

»Halt, halt!« rief Iwan lachend. »Wie du dich ereiferst! Phantasie, sagst du. Nun meinetwegen. Gewiß ist es Phantasie. Aber erlaube mal, meinst du wirklich, die ganze katholische Bewegung der letzten Jahrhunderte sei tatsächlich weiter nichts als ein Streben nach Macht, nur um schmutziger Güter willen? Hat Vater Paissi dir das beigebracht?«

»Nein, nein, im Gegenteil. Vater Paissi hat sich einmal sogar in deinem Sinn geäußert … Doch nein, es war wohl anders, ganz anders«, verbesserte sich Aljoscha schnell.

»Das ist für mich trotzdem wichtig zu wissen, eine wertvolle Nachricht, trotz deiner Einschränkung. Ich frage dich geradezu: Warum glaubst du, die Jesuiten und Inquisitoren hätten sich einzig und allein um schnöder materieller Güter willen zusammengetan? Warum soll unter ihnen kein einziger Dulder sein, der große Qualen leidet und die Menschheit liebt? Nimm doch einmal an, unter allen, die lediglich nach schmutzigen materiellen Gütern streben, sei auch nur ein einziger von der Art meines greisen Inquisitors gewesen – einer, der selbst in der Wüste Wurzeln gegessen und gegen das Fleisch angekämpft hat, um frei und vollkommen zu werden, der dabei doch sein ganzes Leben lang die Menschheit geliebt und nun plötzlich eingesehen hat, daß es kein großes moralisches Glück bedeutet, die Vollkommenheit des Willens zu erreichen, wenn man gleichzeitig davon überzeugt ist, daß Millionen anderer Geschöpfe Gottes dies nicht können und nur zum Hohn geschaffen sind, daß sie nie imstande sein werden, mit ihrer Freiheit zurechtzukommen, daß sich die armseligen Rebellen niemals zu Riesen entwickeln und den Turm fertigbauen werden und daß der große Idealist nicht wegen solcher Gänse von der Harmonie geträumt hat. Nachdem er das alles eingesehen hatte, kehrte er zurück und schloß sich den klugen Leuten an. Wäre so etwas nicht denkbar?«

»Wem schloß er sich an? Welchen klugen Leuten?« rief Aljoscha beinahe wütend. »Sie besitzen gar keinen solchen Verstand und gar keine solchen Geheimnisse! Höchstens ihre Gottlosigkeit, das ist ihr ganzes Geheimnis! Dein Inquisitor glaubt nicht an Gott, das ist sein ganzes Geheimnis!«

»Soll es so ein, meinetwegen! Endlich hast du es erraten. Es ist wirklich so, darin besteht tatsächlich das ganze Geheimnis! Aber ist das etwa kein Leid – wenn auch nur für einen Menschen wie ihn, der in der Wüste sein ganzes Leben austilgte, um eine Großtat zu verrichten, und sich doch nicht kurieren konnte von seiner Liebe zur Menschheit? Am Abend seiner Tage gelangt er mit aller Klarheit zu der Überzeugung, daß nur die Ratschläge des großen, furchtbaren Geistes den Zustand dieser schwächlichen Rebellen, dieser unfertigen, gleichsam nur probeweise hergestellten, zum Hohn erschaffenen Wesen einigermaßen erträglich gestalten könnten. Und nun, da er davon überzeugt ist, sieht er ein, daß man nach der Weisung des klugen Geistes, des furchtbaren Geistes des Todes und der Zerstörung, verfahren muß, daß man sich zu diesem Zweck der Lüge und der Täuschung bedienen, die Menschen mit Bewußtsein zu Tod und Untergang führen und sie dabei auf dem ganzen Weg betrügen muß, damit sie nicht merken, wohin sie geführt werden, und damit sich diese armseligen Blinden wenigstens unterwegs für glücklich halten. Und wohlgemerkt, der Betrug geschieht im Namen eines Ideals, an das der Greis sein ganzes Leben leidenschaftlich geglaubt hat! Ist das etwa keine Tragik? Und sollte sich auch nur ein einziger solcher Mensch an der Spitze dieser Armee befinden, ›die lediglich um schmutziger Güter willen nach Macht verlangt‹, wäre das nicht schon ausreichend für eine Tragödie? Ja noch mehr, ein einziger solcher Mensch an der Spitze reichte aus, damit für die römische Sache mit all ihren Heeren und Jesuiten endlich eine wirklich führende Idee, die höchste Idee gefunden würde. Ich sage dir unumwunden, ich glaube ganz fest, daß dieser ›einzige‹

Mensch unter den Anführern der Bewegung niemals allein sein kann. Wer weiß, vielleicht hat es auch unter der hohen römischen Geistlichkeit solche ›einzigen‹ gegeben. Wer weiß, vielleicht existiert dieser verfluchte Greis, der die Menschheit so hartnäckig auf seine Art liebt, auch jetzt in Gestalt einer ganzen Schar von vielen ›einzigen‹ Greisen, und zwar nicht zufällig, sondern vielleicht auf Grund eines geheimen Einverständnisses, das schon vor langer Zeit getroffen worden ist – zwecks Wahrung des Geheimnisses vor den unglücklichen schwachen Menschen und in der Absicht, sie glücklich zu machen. Sicher ist das so, muß das so sein. Ich stelle mir vor, daß auch die Freimaurer etwas haben, was diesem Geheimnis ähnlich ist, daß die Katholiken deshalb so einen Haß auf die Freimaurer haben, weil sie in ihnen Konkurrenten sehen und eine Auflösung der Einheit der Idee befürchten, wo es doch eine Herde geben soll und einen Hirten... Übrigens führe ich mich bei der Verteidigung meiner Gedanken auf wie ein Autor, der deine Kritik nicht vertragen kann. Schluß damit!«

»Du bist vielleicht selbst Freimaurer!« entfuhr es Aljoscha plötzlich. »Du glaubst nicht an Gott«, fügte er bekümmert hinzu. Außerdem schien es ihm, als ob ihn der Bruder spöttisch ansähe. »Wie endet denn deine Dichtung?« fragte er plötzlich, die Augen niedergeschlagen. »Oder ist sie schon zu Ende?«

»Ich wollte sie folgendermaßen abschließen: Nachdem der Inquisitor geendet hat, wartet er einige Zeit auf eine Antwort des Gefangenen. Dessen Schweigen wird ihm peinlich. Er hat bemerkt, wie ihm der Gefangene die ganze Zeit still zugehört und eindringlich in die Augen gesehen hat – offenbar ohne die Absicht, etwas zu erwidern. Der Greis möchte, daß Er etwas sagt, und sei es etwas Bitteres, Furchtbares. Doch Er nähert sich plötzlich wortlos dem Greis und küßt ihn sacht auf die blutlosen welken Lippen. Das ist seine ganze Antwort. Der Greis fährt zusammen. Um seine Mundwinkel zuckt es, er geht zur Tür, öffnet sie und sagt zu Ihm: ›Geh und komm nicht wieder! Komm überhaupt niemals wieder! Niemals, niemals!‹ Und er läßt Ihn hinaus auf die dunklen Straßen und Plätze der Stadt. Der Gefangene geht!«

»Und der Greis?«

»Der Kuß brennt ihm im Herzen, doch er beharrt auf seiner Idee.«

»Und du mit ihm, du auch?« rief Aljoscha traurig.

Iwan lachte.

»Das ist doch alles Unsinn, Aljoscha! Das verrückte Poem eines verrückten Studenten, der niemals auch nur zwei Verse geschrieben hat. Warum nimmst du die Sache so ernst? Du denkst doch wohl nicht, daß ich jetzt geradewegs dorthin fahre, zu den Jesuiten, um in die Schar derer einzutreten, die Seine Tat verbessern? Ach Gott, was geht das mich an? Ich habe dir ja gesagt, ich möchte nur bis dreißig leben – und dann den Becher auf den Boden schleudern!«

»Aber die klebrigen Blättchen und die teuren Gräber und der blaue Himmel und die geliebte Frau! Wie willst du leben, mit welcher Kraft die alle lieben?« rief Aljoscha bekümmert. »Ist das denn möglich mit so einer Hölle in der Brust und im Kopf? Nein, du wirst hinfahren, um dich ihnen anzuschließen. Und wenn du das nicht tust, wirst du es nicht aushalten können und dich selbst töten!«

»Es gibt eine Kraft, die alles aushält!« erwiderte Iwan mit einem Lächeln, das bereits kalt war.

»Was ist das für eine Kraft?«

»Die Karamasowsche. Die Kraft der Karamasowschen Gemeinheit.«

»Das bedeutet, in Ausschweifungen versinken, die Seele im Laster ersticken – ja?«

»Meinetwegen auch das... Bis ich dreißig bin, werde ich dem vielleicht noch entgehen, aber dann...«

»Wie willst du dem entgehen? Und wodurch? Ein Ding der Unmöglichkeit bei deinen Anschauungen!«

»Wiederum auf Karamasowsche Art.«

»Soll das heißen, nach dem Grundsatz: ›Alles ist erlaubt‹? Alles ist erlaubt, nicht wahr?«

Iwan machte ein finsteres Gesicht und wurde auf einmal seltsam blaß. »Ah, da hast du einen Satz von gestern aufgefangen, über den sich Miussow so ereifert hat. Und den Dmitri dann, so

naiv auffahrend, wiederholt hat«, erwiderte Iwan mit einem krampfhaften Lächeln. »Na meinetwegen. ›Alles ist erlaubt‹ – wenn der Satz nun einmal ausgesprochen ist. Ich nehme ihn nicht
zurück. Und auch Mitenkas Redaktion dieses Satzes war gar nicht übel.«

Aljoscha blickte ihn schweigend an.

»Ich habe geglaubt, Bruder, wenn ich nun wegfahre, habe ich auf der ganzen Welt wenigstens
dich«, sagte Iwan auf einmal mit einem unerwarteten Gefühlsausbruch. »Doch jetzt sehe ich,
daß auch in deinem Herzen kein Platz für mich ist, mein lieber Einsiedler. Von dem Satz ›Alles
ist erlaubt‹ sage ich mich nicht los. Na, wie ist es, sagst du dich deswegen von mir los, ja?«

Aljoscha stand auf, trat wortlos zu ihm und küßte ihn auf den Mund.

»Das ist literarischer Diebstahl!« rief Iwan plötzlich fast enthusiastisch. »Das hast du aus
meiner Dichtung gestohlen! Dennoch ich danke dir. Steh auf, Aljoscha, wir wollen gehen. Es
ist Zeit für uns beide.«

Sie gingen hinaus, blieben aber vor der Tür des Restaurants stehen.

»Hör mal zu, Aljoscha«, sagte Iwan mit fester Stimme. »Wenn mich die klebrigen Blättchen
wirklich rühren sollten, werde ich sie nur in Erinnerung an dich lieben. Es genügt mir, daß es
dich hier irgendwo gibt – und schon habe ich die Lust am Leben noch nicht verloren! Genügt
dir das? Wenn du willst, kannst du das als eine Liebeserklärung auffassen. So, und jetzt geh.
Und zwar du nach rechts, ich werde nach links gehen – es ist genug, hörst du? Es ist genug! Das
soll heißen: Sollte ich morgen nicht wegfahren – ich glaube aber, ich werde bestimmt fahren –
und sollten wir uns noch einmal begegnen, dann sprich über alle diese Themen kein Wort mehr
mit ihm. Das ist meine dringende Bitte... Und was unseren Bruder Dmitri anlangt, so bitte ich
dich ganz besonders, sprich mit mir nie mehr über ihn«, fügte er plötzlich gereizt hinzu. »Dieser
Punkt ist ja erschöpft, vollständig durchgesprochen, nicht wahr? Ich meinerseits werde dir dafür
ebenfalls etwas versprechen. Wenn ich mit dreißig Lust bekomme, ›den Becher auf den Boden
zu schleudern‹, dann werde ich zu dir kommen, wo immer du auch bist – und noch einmal mit
dir reden... Und wenn ich gar in Amerika wäre – ich würde extra deswegen zu dir kommen,
das sollst du wissen! Es wird mich sehr interessieren, dich dann zu sehen, was für ein Mensch
du sein wirst. Hast du gehört, das war ein recht feierliches Versprechen! Wir nehmen jetzt
aber tatsächlich vielleicht für sieben oder zehn Jahre Abschied. So, nun geh zu deinem Pater
Seraphicus, der liegt im Sterben. Stirbt er in deiner Abwesenheit, wärst du mir womöglich noch
böse, daß ich dich aufgehalten habe. Auf Wiedersehen, küß mich noch einmal. So... Geh jetzt!«

Iwan drehte sich plötzlich um und ging weg, ohne sich noch einmal umzuwenden. Das äh-
nelte der Art, wie tags zuvor Dmitri von Aljoscha weggegangen war, obgleich das wieder ganz
anders gewesen war. Diese sonderbare kleine Wahrnehmung ging Aljoscha, betrübt und bekümmert, wie er in diesem Augenblick war, wie ein Pfeil, durch den Sinn. Er wartete noch ein
Weilchen und schaute seinem Bruder nach. Dabei bemerkte er zufällig, daß sein Bruder Iwan
eigentümlich schwankend lief und daß, von hinten gesehen, seine rechte Schulter niedriger zu
sein schien als die linke. Das war ihm früher noch nie aufgefallen.

Dann drehte er sich ebenfalls um und eilte rasch, beinahe laufend, zum Kloster. Es dämmerte
schon stark, und er hatte fast ein bißchen Angst. Etwas Unklares keimte in ihm auf, ein neuer
Zweifel, auf den er keine Antwort wußte. Wie am vorhergehenden Tag hatte sich wieder ein
Wind erhoben, und um ihn rauschten die alten Fichten, als er in das Wäldchen der Einsiedelei
kam. Er fing beinahe an zu rennen. ›Pater Seraphicus, diesen Namen hat er irgendwoher, doch
woher nun genau?‹ überlegte er. ›Iwan, armer Iwan, wann werde ich dich jetzt wiedersehen? Da
ist ja die Einsiedelei, Gott sei Dank! Ja, er ist ein Pater Seraphicus, das ist er! Er wird mich
retten... Vor ihm und für alle Zeit!‹

Später fragte er sich wiederholt verständnislos, wie er nach dem Abschied von Iwan so vollständig seinen Bruder Dmitri hatte vergessen können, obwohl er sich am Vormittag, nur wenige
Stunden früher, fest vorgenommen hatte, ihn unbedingt aufzusuchen und nicht wegzugehen,
ehe er ihn gesehen hatte – selbst wenn er in dieser Nacht nicht mehr ins Kloster zurückkehren
konnte.

Ein vorläufig sehr unklares Kapitel

Als Iwan Fjodorowitsch sich von Aljoscha verabschiedet hatte, ging er nach Hause, ins Haus seines Vaters. Doch sonderbar, auf einmal überkam ihn eine unerträgliche Mißstimmung, und was die Hauptsache war, sie steigerte sich mit jedem Schritt, den er sich dem Haus näherte. Sonderbar war dabei nicht die Mißstimmung an sich, sondern daß Iwan Fjodorowitsch sich beim besten Willen nicht erklären konnte, worin die Mißstimmung eigentlich bestand. Mißgestimmt zu sein, das war ihm auch früher häufig vorgekommen, und es wäre nicht verwunderlich gewesen, wenn eine solche Mißstimmung in dem Augenblick aufkam, da er mit allem gebrochen hatte, was ihn hierherzog, und da er sich anschickte, erneut eine scharfe Wendung zu machen und wieder allein wie früher, einen neuen, völlig unbekannten Weg einzuschlagen, einen Weg, auf dem er vom Leben vieles, sehr vieles erhoffte und erwartete, ohne selbst diese Erwartungen oder auch nur seine Wünsche genauer umreißen zu können. Aber obwohl eine gewisse Furcht vor dem Neuen und Unbekannten tatsächlich in seiner Seele vorhanden war – nicht das war es, was ihn in diesem Augenblick quälte. ›Ob es der Widerwillen gegen das Vaterhaus ist? Es sieht danach aus, so zuwider ist mir dieses Haus geworden! Und obwohl ich heute zum letztenmal diese verabscheute Schwelle überschreite, ist mein Widerwille doch der gleiche ...‹ Doch nein, das war es auch nicht. Vielleicht der Abschied von Aljoscha und das Gespräch mit ihm? ›So viele Jahre habe ich der ganzen Welt gegenüber geschwiegen, und nun auf einmal habe ich so viel Unsinn zusammengeredet!‹ Wirklich, es konnte jugendlicher Ärger über seine jugendliche Unerfahrenheit und Eitelkeit sein, ein Ärger darüber, daß er nicht verstanden hatte sich auszudrücken, noch dazu vor einem Menschen wie Aljoscha, auf den er in seinem Herzen große Hoffnungen setzte. Zwar war auch dieser Ärger zweifellos vorhanden, aber auch das war nicht der Grund seiner Mißstimmung. ›Eine Mißstimmung bis zur Übelkeit – dabei bin ich nicht imstande anzugeben, was ich eigentlich will. Das beste ist, nicht daran zu denken!‹

Iwan Fjodorowitsch versuchte, ›nicht daran zu denken‹, doch auch das half nichts. Was ihn an dieser Mißstimmung so besonders ärgerte und reizte, war, daß sie wie etwas Zufälliges, rein Äußerliches erschien, das fühlte er. Es mußte da irgendwo ein Wesen oder ein Gegenstand vorhanden sein, so wie einem manchmal etwas vor Augen steht, was man bei der Arbeit oder einem erregten Gespräch lange Zeit nicht bemerkt, was einen aber trotzdem offenbar reizt, ja quält, bis man schließlich auf den Gedanken kommt, den nichtsnutzigen Gegenstand zu beseitigen, oft irgendein unbedeutendes, lächerliches Ding, das am falschen Platz vergessen worden ist, ein heruntergefallenes Taschentuch, ein nicht in den Schrank gestelltes Buch, und so weiter und so fort ... Iwan Fjodorowitsch erreichte schließlich in höchst gereizter Stimmung das Haus seines Vaters, und als er ungefähr noch fünfzehn Schritte vom Tor entfernt war, wußte er auf einmal, was ihn so beunruhigt und gequält hatte.

Auf der Bank am Tor saß der Diener Smerdjakow und genoß die kühle Abendluft.

Iwan Fjodorowitsch begriff bei seinem Anblick sofort, daß der Diener Smerdjakow auch in seiner Seele gesessen hatte und daß seine Seele gerade diesen Menschen nicht ausstehen konnte. Alles wurde ihm mit einem Schlage hell und klar. Schon vorhin, als Aljoscha von seiner Begegnung mit Smerdjakow sprach, war ein finsteres, widerwärtiges Gefühl über ihn gekommen und hatte einen entsprechenden Zorn in ihm hervorgerufen. Während des Gesprächs hatte er Smerdjakow dann eine Zeitlang vergessen, dieser war jedoch in seiner Seele geblieben, und kaum hatte sich Iwan Fjodorowitsch von Aljoscha getrennt und allein den Heimweg angetreten, trat das vergessene Gefühl sogleich wieder hervor. ›Kann mich dieser elende Taugenichts wirklich so beunruhigen?‹ dachte er überaus verärgert.

Iwan Fjodorowitsch war auf diesen Menschen in der letzten Zeit und besonders in den letzten Tagen tatsächlich zornig geworden. Er hatte seinen wachsenden Zorn auf dieses Subjekt sogar selbst bemerkt. Vielleicht hatte dieser Zorn gerade deswegen eine solche Schärfe angenommen, weil sich das Verhältnis anfangs, nach Iwan Fjodorowitschs Ankunft, ganz anders gestaltet hatte. Damals hatte sich Iwan Fjodorowitsch für Smerdjakow sozusagen besonders interessiert, er hatte ihn sogar für einen recht originellen Menschen gehalten. Er hatte ihn selbst zu Gesprächen mit ihm ermuntert, wobei er sich allerdings stets über eine gewisse Verdrehtheit oder, besser, eine gewisse Unruhe seines Verstandes gewundert und nicht begriffen hatte, was »diesen beschaulichen Menschen« eigentlich so unablässig und heftig beunruhigen konnte. Sie sprachen über philosophische Fragen und sogar darüber, wie man es zu verstehen habe, daß das Licht schon am ersten Schöpfungstag leuchtete, obwohl doch Sonne, Mond und Sterne erst am vierten Tag geschaffen wurden. Iwan Fjodorowitsch überzeugte sich bald, daß es Smerdjakow dabei überhaupt nicht um Sonne, Mond und Sterne ging, daß Sonne, Mond und Sterne für ihn zwar ein interessanter, aber doch nur drittrangiger Gegenstand waren und daß er auf etwas ganz anderes abzielte. Wie dem auch sein mochte, jedenfalls begann sich bei ihm ein maßloses und zudem gekränktes Selbstgefühl zu äußern. Das erregte Iwan Fjodorowitschs Mißfallen. Von da an datierte seine Abneigung. Später hatte dann im Hause das wüste Treiben begonnen, Gruschenka war auf der Szene erschienen, die Streitereien mit dem Bruder Dmitri hatten angefangen, es hatte allerlei Ärger gegeben; darüber hatten sie dann auch gesprochen. Obgleich sich Smerdjakow bei solchen Gesprächen immer sehr erregt zeigte, war es doch unmöglich zu erkennen, in welche Richtung seine Wünsche gingen. Man konnte sich sogar über das Unlogische und Unordentliche mancher seiner Wünsche wundern, die nur unwillkürlich zutage traten und stets in gleicher Weise unklar waren. Smerdjakow erkundigte sich nach allem möglichen und stellte indirekte, offenbar vorher überlegte Fragen. Doch wozu er das tat, erklärte er nie; gerade im interessantesten Augenblick seiner Nachfragen pflegte er mitunter plötzlich zu verstummen oder das Thema zu wechseln. Was Iwan Fjodorowitsch jedoch schließlich vollends reizte und ihm einen solchen Widerwillen gegen diesen Menschen einflößte, war eine besondere unangenehme Vertraulichkeit, die Smerdjakow ihm gegenüber immer deutlicher an den Tag legte. Nicht daß er sich erlaubt hätte, unhöflich zu sein – im Gegenteil, er sprach immer außerordentlich respektvoll. Es hatte sich aber dennoch so ergeben, daß sich Smerdjakow schließlich, Gott weiß warum, in gewisser Hinsicht für ebenbürtig mit Iwan Fjodorowitsch hielt und mit ihm in einem Ton redete, als gäbe es zwischen ihnen bereits eine Art geheimer Verabredung, als hätten sie irgendwann etwas besprochen, was nur ihnen beiden bekannt, den anderen um sie herumwimmelnden Sterblichen aber überhaupt nicht verständlich war. Iwan Fjodorowitsch hatte jedoch auch hier die wahre Ursache seines wachsenden Widerwillens lange Zeit nicht erkannt und erst in der allerletzten Zeit gemerkt, wie es sich damit verhielt. Mit einem Gefühl der Verachtung und Gereiztheit wollte er jetzt schweigend vorbeigehen, ohne Smerdjakow eines Blickes zu würdigen, doch Smerdjakow erhob sich von der Bank, und schon allein an dieser Bewegung spürte Iwan Fjodorowitsch augenblicklich, daß dieser ein besonderes Gespräch mit ihm wünschte. Iwan Fjodorowitsch sah ihn an und blieb stehen, und der Umstand, daß er nicht vorbeigegangen war, wie er es eben noch gewollt hatte, ärgerte ihn dermaßen, daß er zitterte. Mit Zorn und Widerwillen blickte er in Smerdjakows kastratenhaft schlaffes Gesicht mit den zurückgekämmten Schläfenhaaren und der in die Höhe frisierten kleinen Tolle. Das linke Auge, halb zugekniffen, zwinkerte und lächelte, als ob es sagen wollte: ›Was denn? – Du wirst doch nicht vorbeigehen? Siehst du nicht, daß wir beiden klugen Leute etwas zu besprechen haben.‹

Iwan Fjodorowitsch zitterte vor Ärger.

Mach daß du fortkommst, Taugenichts. Wir beide passen nicht zueinander, Dummkopf!‹ hatte er schon auf der Zunge aber zu seinem größten Erstaunen kam etwas ganz anderes heraus:

»Schläft mein Vater, oder ist er schon aufgewacht?« fragte er leise und sanft zu seinem eigenen Erstaunen und setzte sich plötzlich, ebenfalls zu seinem eigenen Erstaunen, auf die Bank. Einen Moment war ihm geradezu ängstlich zumute; er erinnerte sich später daran.

Smerdjakow stand ihm gegenüber, die Hände auf dem Rücken und machte ein selbstbewußtes, beinahe strenges Gesicht.

»Er schläft noch«, antwortete er ohne Eile. Und sein Tonfall besagte: ›Du selber hast das Gespräch begonnen, nicht ich...‹ »Ich wundere mich über Sie, gnädiger Herr«, fügte er nach kurzem Stillschweigen hinzu. Dabei schlug er affektiert die Augen nieder, setzte den rechten Fuß vor und spielte mit der Spitze seines Lackstiefels.

»Warum wunderst du dich über mich?« fragte Iwan Fjodorowitsch barsch. Er versuchte sich nach Kräften zu beherrschen und merkte plötzlich angewidert, daß er eine überaus starke Neugier empfand und daß er um keinen Preis gehen würde, ohne sie befriedigt zu haben.

»Warum fahren Sie nicht nach Tschermaschnja, gnädiger Herr?« fragte Smerdjakow, wobei er auf einmal den Blick hob und vertraulich lächelte, und sein halb zugekniffenes linkes Auge sagte gleichsam: ›Warum ich lächle, mußt du selber wissen, wenn du ein kluger Mensch bist...‹

»Warum sollte ich nach Tschermaschnja fahren?« erwiderte Iwan Fjodorowitsch erstaunt.

Smerdjakow schwieg wieder ein Weilchen.

»Fjodor Pawlowitsch hat Sie doch selbst darum gebeten«, sagte er endlich ohne Eile und beiläufig, als ob er seiner Antwort keinen Wert beimesse. Es klang, wie wenn er sagte: ›Ich nenne einen ganz nebensächlichen Grund, um überhaupt etwas zu antworten.‹

»Sprich deutlicher, zum Teufel! Was willst du eigentlich?« rief Iwan Fjodorowitsch, zornig geworden und von der Sanftmut zur Grobheit übergehend.

Smerdjakow setzte den rechten Fuß neben den linken und richtete sich auf, behielt aber seine ruhige, lächelnde Miene bei.

»Nichts Wichtiges...Ich habe das nur so gesagt, gesprächsweise...«

Wieder trat Stillschweigen ein. Sie schwiegen fast eine Minute lang. Iwan Fjodorowitsch wußte, daß er gewiß gleich aufstehen und endgültig in Zorn ausbrechen würde, und Smerdjakow stand vor ihm, als ob er wartete und dachte: ›Ich will doch mal sehen, ob du zornig wirst oder nicht.‹ So faßte es Iwan wenigstens auf. Er bewegte schließlich den Oberkörper, um aufzustehen.

Diesen Augenblick ergriff Smerdjakow.

»Ich befinde mich in einer schrecklichen Lage, Iwan Fjodorowitsch. Ich weiß nicht mehr, wie ich mir helfen soll«, sagte er auf einmal fest und beherrscht und seufzte bei den letzten Worten tief.

Iwan Fjodorowitsch setzte sich sofort wieder hin.

»Beide sind sie wie verrückt, wie die kleinsten Kinder!« fuhr Smerdjakow fort. »Ich rede von Ihrem Vater und von Ihrem Bruder Dmitri Fjodorowitsch. Jetzt wird er gleich aufstehen, ich meine Fjodor Pawlowitsch, und sofort über mich herfallen: ›Nun? Ist sie nicht gekommen? Warum ist sie nicht gekommen?‹ Und so bis Mitternacht und sogar noch länger. Und wenn Agrafena Alexandrowna nicht kommt, denn sie hat vielleicht gar nicht die Absicht, überhaupt jemals zu kommen, so fällt er morgen früh wieder über mich her: Warum ist sie nicht gekommen? Weshalb ist sie nicht gekommen? Wann kommt sie?‹ Als ob ich mir in dieser Hinsicht etwas hätte zuschulden kommen lassen! Auf der anderen Seite ist die Lage die: Sowie die Abenddämmerung hereinbricht, oder auch schon früher, erscheint Ihr Bruder mit einem Gewehr in der Hand. ›Nimm dich in acht‹, sagt er. ›Du Schurke, du Bouillonkoch! Wenn du sie vorbeiläßt und mich nicht benachrichtigst, bist du der erste, den ich ermorde!‹ Die Nacht vergeht. Am Morgen jedoch beginnt er mich so wie Fjodor Pawlowitsch zu quälen. ›Warum ist sie nicht gekommen? Wird sie bald erscheinen?‹ Und wieder kommt es so heraus, als wäre ich schuld, daß seine Dame nicht gekommen ist. Und die beiden werden mit jedem Tag und jeder Stunde wilder im Zorn, daß ich manchmal daran denke, mir vor Angst das Leben zu nehmen. Ich habe Angst vor den beiden, gnädiger Herr.«

»Warum hast du dich da bloß eingemischt? Warum hast du dich darauf eingelassen, meinem Bruder Dmitri Nachrichten zuzutragen?« fragte Iwan Fjodorowitsch gereizt.

»Wie hätte ich es denn anfangen sollen, mich da nicht einzumischen? Eigentlich habe ich mich überhaupt nicht eingemischt, wenn Sie es in aller Genauigkeit wissen wollen. Ich habe von Anfang an nur geschwiegen und nicht gewagt, etwas zu erwidern. Er selbst hat mich zu seinem Diener bestimmt. Und seitdem sagt er zu mir immer nur ein und dasselbe: ›Ich schlage dich tot, Schurke, wenn du sie vorbeiläßt!‹ Ich glaube, gnädiger Herr, ich werde morgen wohl eine lange Epilepsie bekommen.«

»Was heißt das: eine lange Epilepsie?«

»Einen langen Anfall, einen außerordentlich langen. So einer dauert mehrere Stunden oder womöglich einen oder zwei Tage. Einer hat bei mir mal drei Tage gedauert, ich war damals vom Dachboden gefallen. Er hört eine Weile auf und fängt dann wieder an; ich konnte die ganzen drei Tage keinen klaren Gedanken fassen. Fjodor Pawlowitsch ließ damals Doktor Herzenstube rufen, den hiesigen Arzt. Der hat mir Eis auf den Kopf gelegt und noch irgendein anderes Mittel angewandt. Ich hätte sterben können.«

»Aber es heißt doch, ein epileptischer Anfall sei unmöglich vorauszusehen, weil er nämlich zu keiner bestimmten Stunde eintritt. Wie kannst du denn behaupten, er käme morgen?«, erkundigte sich Iwan Fjodorowitsch mit gereiztem Interesse.

»Das ist richtig, daß man ihn nicht vorhersehen kann.«

»Außerdem bist du damals ja vom Dachboden gefallen.«

»Auf den Dachboden steige ich alle Tage, ich kann auch morgen da herunterfallen. Und wenn nicht vom Dachboden, dann eben in den Keller. In den Keller gehe ich in meinem Dienst auch jeden Tag.«

Iwan Fjodorowitsch blickt ihn eindringlich an.

»Du lügst, wie ich merke. Und ich verstehe dich nicht ganz«, sagte er leise, aber mit einem drohenden Unterton. »Du willst morgen einen dreitägigen epileptischen Anfall simulieren, ja?«

Smerdjakow, der zu Boden geblickt und dabei wieder mit der rechten Fußspitze gespielt hatte, stellte den rechten Fuß an seinen Platz, setzte statt dessen den linken vor, hob den Kopf und sagte lächelnd: »Selbst wenn ich das täte, das heißt, wenn ich einen Anfall simulierte, was übrigens für einen, der Bescheid weiß, keineswegs schwer ist, wäre ich vollkommen berechtigt, mich dieses Mittels zu bedienen, um mein Leben zu retten. Wenn Agrafena Alexandrowna nämlich zu Fjodor Pawlowitsch kommt, während ich krank daliege, so kann Dmitri Fjodorowitsch schwerlich einen kranken Menschen fragen: ›Warum hast du mir das nicht gemeldet?‹ Er würde sich direkt schämen, das zu tun.«

»Zum Teufel!« fuhr Iwan Fjodorowitsch plötzlich mit wutentstelltem Gesicht auf. »Was zitterst du immer um dein Leben? Alle diese Drohungen meines Bruders Dmitri sind doch nur leere, im Zorn gesprochene Worte, weiter nichts. Er wird dich nicht totschlagen. Er wird totschlagen, aber nicht dich.«

»Er wird totschlagen, wie man eine Fliege totschlägt, und zwar zuallererst mich. Aber noch mehr als das fürchte ich etwas anderes: daß man mich für mitschuldig hält, wenn er irgend etwas Sinnloses gegen seinen Vater verübt.«

»Warum sollte man dich für mitschuldig halten?«

»Weil ich ihm heimlich diese Signale mitgeteilt habe.«

»Was für Signale? Wem hast du sie mitgeteilt? Hol‹ dich der Teufel, sprich deutlicher!«

»Ich muß offen gestehen«, erwiderte Smerdjakow langsam und mit pedantischer Ruhe, »daß ich da ein Geheimnis mit Fjodor Pawlowitsch habe. Sie wissen selbst, oder vielleicht wissen Sie es nicht, daß er sich schon seit einigen Tagen von innen einschließt, sowie es Nacht oder auch nur Abend wird. Sie sind in der letzten Zeit jedesmal frühzeitig auf Ihr Zimmer zurückgekehrt, und gestern sind Sie überhaupt nicht ausgegangen, daher wissen Sie vielleicht nicht, mit welcher Sorgfalt er sich jetzt immer nachts einschließt. Und selbst wenn Grigori Wassiljewitsch käme, so würde er ihm nicht aufmachen, es sei denn, er erkennt ihn an der Stimme. Aber Grigori Wassiljewitsch kommt nicht, weil ich den Herrn in seinen Zimmern jetzt allein bediene. So hat er es bestimmt, als diese Geschichte mit Agrafena Alexandrowna begann. Zur Nacht aber entferne ich mich auf seine Anordnung jetzt ebenfalls und übernachte im Seitengebäude. Bis Mitternacht darf ich jedoch nicht schlafen, sondern habe Wachdienst. Ich muß aufstehen, auf dem Hof umhergehen und warten, daß Agrafena Alexandrowna kommt, denn er wartet schon seit mehreren Tagen wie ein Verrückter auf sie. Er spekuliert so: Sie hat Angst vor ihm, nämlich vor Dmitri Fjodorowitsch, vor Mitka, und darum wird sie spätnachts hintenherum kommen. ›Du aber‹, sagt er, ›paß bis Mitternacht auf, und noch länger. Und wenn sie kommt, dann lauf an meine Tür oder an eines der Fenster zum Garten und gib mir ein Klopfsignal, die beiden ersten Male langsam, so: eins, zwei, und dann dreimal schneller: tuck-tuck-tuck. Dann‹, sagt er, ›werde ich wissen, daß sie gekommen ist, und werde leise die Tür aufmachen.‹ Und noch ein anderes Signal hat er mitgeteilt für den Fall, daß sich etwas Außerordentliches zutragen sollte. Zuerst zweimal schnell: tuck-tuck, und dann« nach einer kleinen Pause noch einmal viel stärker. Dann wird er wissen, daß etwas Unerwartetes geschehen ist und ich ihn dringend sprechen muß. Dann wird er mir ebenfalls aufmachen, und ich soll hereinkommen und Bericht erstatten. Dieses zweite gilt für den Fall, daß Agrafena Alexandrowna nicht selbst kommen kann, sondern irgendwelche Nachricht schickt. Außerdem kann auch Dmitri Fjodorowitsch kommen, dann muß ich Nachricht geben, daß er in der Nähe ist. Vor Dmitri Fjodorowitsch hat er große Angst. Selbst wenn Agrafena Alexandrowna schon gekommen sein sollte und er sich mit ihr eingeschlossen hat, selbst dann bin ich unbedingt verpflichtet, ihm durch dreimaliges Klopfen zu melden, falls Dmitri Fjodorowitsch sich irgendwo in der Nähe zeigen sollte. Das erste Signal, mit fünf Schlägen, bedeutet also: Agrafena Alexandrowna ist gekommen. Das zweite Signal, mit drei Schlägen: Es liegt etwas sehr Dringendes vor. So hat er es mir selbst mehrmals vorgemacht und erklärt. Da nun in der ganzen Welt niemand außer mir und ihm über diese Signale Bescheid weiß, wird er aufmachen, ohne irgendwie zu zweifeln oder zu fragen, wer da sei. Und sehen Sie: Diese Signale sind jetzt auch Dmitri Fjodorowitsch zur Kenntnis gelangt.«

»Wie sind sie ihm zur Kenntnis gelangt? Hast du sie ihm mitgeteilt? Wie konntest du dich unterstehen, das zu tun.«

»Aus Angst. Wie hätte ich es wagen sollen, ihm gegenüber zu schweigen. Dmitri Fjodorowitsch fährt mich jeden Tag an:,Du betrügst mich, du verbirgst mir etwas! Ich werde dir beide Beine brechen!‹ Da habe ich ihm eben diese geheimen Signale mitgeteilt, damit er wenigstens meine Ergebenheit sieht und so zu der Überzeugung kommt, daß ich ihn nicht hintergehe.«

»Wenn du glaubst, daß er versuchen wird, unter Mißbrauch dieser Signale einzudringen, so laß ihn nicht herein!«

»Aber wenn ich in einem Anfall daliege, wie soll ich ihn dann nicht hereinlassen? Selbst wenn ich es wagen würde, ihn zurückzuhalten, obwohl ich doch weiß, was für ein jähzorniger Mensch er ist.«

»Hol’ dich der Teufel! Woher bist du denn so fest überzeugt, daß du einen Anfall bekommst? Machst du dich über mich lustig?«

»Wie würde ich wagen, mich über Sie lustig zu machen? Und kann mir danach zumute sein, wo ich doch solche Angst habe? Ich habe ein Vorgefühl, ich fühle vorher, daß ich einen Anfall bekomme. Schon allein aus Angst bekomme ich einen.«

»Zum Teufel, wenn du einen Anfall hast, muß eben Grigori aufpassen. Benachrichtige ihn vorher, dann wird er ihn nicht hereinlassen.«

»Grigori Wassiljewitsch darf ich auf Befehl des Herrn nichts von den Signalen sagen. Außerdem ist Grigori Wassiljewitsch gerade heute infolge des gestrigen Vorfalls erkrankt, und Marfa Ignatjewna will ihn morgen erst kurieren. Das haben sie vorhin verabredet. Die beiden kennen da eine sehr merkwürdige Behandlung. Marfa Ignatjewna hat ständig so einen Branntweinaufguß vorrätig, sehr stark, aus irgendeinem Kraut, das ist ihr Geheimnis. Mit diesem Geheimmittel kuriert sie ihren Mann etwa dreimal jährlich, wenn ihm das Kreuz gelähmt ist wie bei einem Schlaganfall. Sie nimmt ein Handtuch, befeuchtet es mit diesem Aufguß und reibt ihm den ganzen Rücken eine halbe Stunde lang, bis es wieder trocken ist. Sein Rücken wird dabei ganz rot und schwillt an. Den Rest in der Flasche gibt sie ihm unter einem bestimmten Gebet zu trinken, jedoch nicht den ganzen Rest, denn einen kleinen Teil behält sie bei dieser seltenen Gelegenheit für sich zurück und trinkt ihn ebenfalls aus. Und da sie beide keine Trinker sind, werden sie ganz taumelig, sage ich Ihnen, und schlafen lange und fest. Wenn Grigori Wassiljewitsch aufwacht, ist er danach fast immer gesund. Und wenn Marfa Ignatjewna aufwacht, hat sie danach immer Kopfschmerzen. Wenn also Marfa Ignatjewna ihn morgen auf diese ihre Weise kuriert, werden sie wohl kaum etwas hören und Dmitri Fjodorowitsch am Eintritt hindern. Sie werden schlafen.«

»Was ist das für ein Unsinn! Und wie das alles ganz zufällig zusammentrifft. Du hast einen Anfall, und die beiden sind bewußtlos!« rief Iwan Fjodorowitsch. »Arrangierst du diesen

Zufall vielleicht selber?« entfuhr es ihm unwillkürlich, und er zog drohend die Augenbrauen zusammen.

»Wie sollte ich das denn arrangieren? Und wozu, wo doch hier alles nur von Dmitri Fjodorowitsch und seinen Plänen abhängt... Wenn er etwas anrichten will, so wird er es tun. Und wenn nicht, so werde ich ihn doch nicht absichtlich zu seinem Vater hinstoßen...

»Aber weshalb soll er zum Vater kommen, und noch dazu heimlich, wenn Agrafena Alexandrowna überhaupt nicht erscheint, wie du selbst sagst?« fuhr Iwan Fjodorowitsch, vor Wut ganz blaß, fort. »Du sagst es doch selbst, und auch ich bin die ganze Zeit, seit ich hier wohne, davon überzeugt gewesen, daß der Alte nur phantasiert und daß diese Kreatur ihn nicht besuchen wird. Weshalb sollte also Dmitri bei dem Alten einbrechen? Sprich! Ich will deine Gedanken wissen!«

»Sie belieben selbst zu wissen, weshalb er kommen wird. Was sollen da noch meine Gedanken? Er wird einzig und allein aus Wut kommen. Oder er wird, mißtrauisch, wie er ist, zum Beispiel, wenn ich krank bin, Zweifel hegen und herkommen, um die Zimmer zu durchsuchen wie gestern, ob sie auch nicht irgendwie unbemerkt vorbeigeschlüpft ist. Es ist ihm auch genau bekannt, daß bei Fjodor Pawlowitsch ein großes Kuvert mit dreitausend Rubel bereitliegt, mit drei Siegeln versehen und mit einem Bändchen umwunden. Daß Fjodor Pawlowitsch eigenhändig geschrieben hat: ›Für meinen Engel Gruschenka, wenn sie zu mir kommen will.‹ Und daß er drei Tage später noch hinzugefügt hat: ›Für mein liebes Kücken.‹ Sehen Sie, das ist das Bedenkliche.«

»Unsinn!« schrie Iwan Fjodorowitsch, nun beinahe rasend. »Dmitri kommt nicht, um Geld zu stehlen und dabei noch seinen Vater totzuschlagen. Gestern wäre er imstande gewesen, ihn wegen Gruschenka totzuschlagen, wütend wie der Dummkopf war. Aber auf Raub ausgehen, das tut er nicht!«

»Er braucht jetzt dringend Geld. Sehr dringend, Iwan Fjodorowitsch. Sie wissen gar nicht, wie dringend«, setzte ihm Smerdjakow mit größter Ruhe und mit bemerkenswerter Sorgfalt auseinander. »Diese dreitausend Rubel hält er dabei gewissermaßen für sein Eigentum. Er hat mir gegenüber selber geäußert: ›Mein Vater ist mir eigentlich noch dreitausend Rubel schuldig!‹ Beachten Sie aber außerdem noch einen weiteren wahren Umstand, Iwan Fjodorowitsch. Es ist ja so gut wie sicher, muß man sagen, daß Agrafena Alexandrowna, wenn sie nur will, ihn unbedingt zu einer Heirat veranlassen könnte, ich meine, den Herrn selbst, Fjodor Pawlowitsch, wenn sie nur will. Na, und vielleicht wird sie es wollen. Ich sage nur, daß sie nicht kommt. Vielleicht will sie aber noch viel mehr: nämlich gnädige Frau werden. Ich weiß selbst, der Kaufmann Samsonow hat ihr ganz offen gesagt, daß das gar nicht dumm wäre, und dabei hat er gelacht. Und sie selber ist, was den Verstand anlangt, ziemlich gewitzt. Einen armen Teufel wie Dmitri Fjodorowitsch wird sie nicht heiraten. Erwägen Sie in Anbetracht alles dessen nun folgendes, Iwan Fjodorowitsch. Weder Dmitri Fjodorowitsch noch Sie und Ihr Bruder Alexej Fjodorowitsch würden dann nach dem Tode des Vaters etwas von der Hinterlassenschaft erhalten, nicht einen Rubel. Agrafena Alexandrowna wird ihn ja eben zu dem Zweck heiraten, allen Grundbesitz auf ihren Namen umschreiben zu lassen und das Kapital als Eigentum zu erhalten. Stirbt jedoch Ihr Vater jetzt, bevor etwas von all dem geschehen ist, so fallen jedem von Ihnen sofort vierzigtausend Rubel zu; sogar Ihrem Bruder Dmitri Fjodorowitsch, den er so haßt. Ein Testament hat er nämlich noch nicht gemacht... Und das alles weiß Dmitri Fjodorowitsch ganz genau.«

In Iwan Fjodorowitschs Gesicht schien sich etwas zu verkrampfen. Er wurde auf einmal rot.

»Und, warum rätst du mir unter all diesen Umständen, nach Tschermaschnja zu fahren?« unterbrach er Smerdjakow. »Worauf willst du damit hinaus? Ich fahre weg, und bei euch passiert inzwischen etwas, wie?«

Iwan Fjodorowitsch holte keuchend Atem.

»Das ist vollkommen richtig«, erwiderte Smerdjakow leise und bedachtsam, dabei beobachtete er Iwan Fjodorowitsch unverwandt.

»Was meinst du mit ›vollkommen richtig‹?« fragte Iwan Fjodorowitsch. Er beherrschte sich nur mit großer Anstrengung, und seine Augen blitzten drohend.

»Ich habe das gesagt, weil Sie mir leid tun. Wäre ich an Ihrer Stelle, würde ich lieber alles im Stich lassen, als bei so einer Sache anwesend sein…«, antwortete Smerdjakow und blickte Iwan Fjodorowitsch mit der offenherzigsten Miene an.

Beide schwiegen eine Weile.

»Ich glaube, du bist ein großer Idiot! Und außerdem natürlich ein furchtbarer Schurke!« sagte Iwan Fjodorowitsch und stand plötzlich von der Bank auf.

Danach wollte er gleich durch das Tor gehen, doch er blieb noch einmal stehen und drehte sich zu Smerdjakow um. Und da geschah etwas Seltsames. Iwan Fjodorowitsch biß sich plötzlich krampfhaft auf die Lippe, ballte die Fäuste und – noch ein Augenblick, und er hätte sich auf Smerdjakow gestürzt. Der bemerkte es sofort, fuhr zusammen und beugte den Oberkörper zurück. Der Augenblick ging für Smerdjakow jedoch glücklich vorüber.

Iwan Fjodorowitsch schickte sich schweigend, aber anscheinend unentschlossen an zu gehen.

»Ich fahre morgen nach Moskau, wenn du es wissen willst, morgen früh. Weiter habe ich dir nichts zu sagen!« sagte er noch zornig. Später wunderte er sich selbst darüber, warum er es für nötig gehalten hatte, Smerdjakow das mitzuteilen.

»Das ist auch das beste«, fiel dieser ein, als ob er darauf gewartet hätte; »höchstens, daß Sie in einem solchen Fall telegrafisch beunruhigt werden können.«

Iwan Fjodorowitsch blieb wieder stehen und wandte sich wieder schnell zu Smerdjakow um.

Auch an dem Diener schien eine Veränderung vorgegangen zu sein. Seine ganze Vertraulichkeit und Lässigkeit war urplötzlich verschwunden, sein Gesicht drückte gespannte, jetzt jedoch schüchterne, unterwürfige Erwartung aus. ›Wirst du nicht noch etwas sagen? Noch etwas hinzufügen?‹ Diese Frage war in seinem unverwandt auf Iwan Fjodorowitsch gerichteten Blick zu lesen.

»Würde man mich denn nicht auch aus Tschermaschnja zurückrufen – in einem solchen Fall?« schrie Iwan Fjodorowitsch plötzlich, und zwar unverständlicherweise sehr laut.

»Auch in Tschermaschnja würde man Sie beunruhigen…«, murmelte Smerdjakow beinahe flüsternd; dabei starrte er Iwan Fjodorowitsch weiterhin an.

»Nur ist Moskau weiter und Tschermaschnja näher; da tut es dir wohl um das verfahrene Geld leid, wenn du so für Tschermaschnja bist? Oder tue ich dir leid, daß ich eine so weite Fahrt hin und zurück mache?«

»Vollkommen richtig«, murmelte Smerdjakow zögernd und grinste widerwärtig. Er machte sich wieder bereit, notfalls rechtzeitig zurückzuweichen.

Doch Iwan Fjodorowitsch lachte plötzlich zu Smerdjakows Verwunderung los und ging durch das Tor. Wer sein Gesicht gesehen hätte, dem wäre sicher aufgefallen, daß er keineswegs aus heiterer Stimmung lachte. Auch er selbst hätte nicht erklären können, was in diesem Augenblick mit ihm vorging. Seine Bewegungen und sein Gang wirkten überaus verkrampft.

Mit einem klugen Menschen ist auch ein kurzes Gespräch von Nutzen

Und so sprach er auch. Als er gleich beim Eintritt seinem Vater im Saal begegnete, rief er ihm, heftig abwinkend, zu: »Ich gehe zu mir nach oben. Ich will nicht zu Ihnen, auf Wiedersehen!« und ging vorbei, bemüht, ihn nicht einmal anzusehen. Möglich, daß der Alte ihm in diesem Augenblick ganz besonders verhaßt war, aber so eine ungenierte Bekundung feindseligen Gefühls war auch für Fjodor Pawlowitsch etwas Unerwartetes. Der Alte hatte Iwan nur schnell etwas mitteilen wollen und war ihm zu diesem Zweck absichtlich entgegengegangen; als er jedoch diese liebenswürdigen Worte hörte, blieb er schweigend stehen und verfolgte seinen Sohn, der die Treppe zum Zwischengeschoß hinaufstieg, mit den Augen so lange, bis dieser seinen Blicken entschwunden war.

»Was hat er denn?« fragte er Smerdjakow, der nach Iwan Fjodorowitsch eingetreten war.

»Er ärgert sich über irgendwas, wer soll aus ihm klug werden?« murmelte dieser ausweichend.

»Hol› ihn der Teufel! Soll er sich ärgern! Stell den Samowar auf und mach dann schleunigst, daß du fortkommst! Gibt es nichts Neues?«

Und nun begannen jene Fragen, über die sich Smerdjakow eben Iwan Fjodorowitsch gegenüber beklagt hatte; wir lassen sie hier weg.

Eine halbe Stunde danach wurde das Haus zugeschlossen, und der verdrehte alte Mann wanderte allein in den Zimmern umher, in der zitternden Erwartung, im nächsten Augenblick würden die fünf verabredeten Schläge ertönen. Von Zeit zu Zeit blickte er durch die dunklen Fenster hinaus und sah nichts als die Nacht.

Es war schon sehr später. Iwan Fjodorowitsch schlief jedoch nicht, sein Geist fand keine Ruhe. Erst spät legte er sich diese Nacht ins Bett, gegen zwei Uhr. Wir wollen nicht den ganzen Gang seiner Gedanken wiedergeben; es ist für uns noch nicht an der Zeit, in diese Seele einzudringen. Sie wird schon noch an die Reihe kommen. Und selbst wenn wir versuchen wollten, etwas wiederzugeben: es würde sich nur schwer machen lassen, da es nicht eigentlich Gedanken waren, sondern etwas sehr Unbestimmtes, mehr eine starke Erregung.

Er selbst kam sich völlig ratlos vor. Auch quälten ihn mancherlei sonderbare und überraschende Wünsche. So verlangte es ihn zum Beispiel nach Mitternacht plötzlich heftig, nach unten zu gehen, die Tür aufzuschließen, ins Seitengebäude zu eilen und Smerdjakow durchzuprügeln; hätte man ihn aber gefragt, weswegen, hätte er eigentlich gar keinen Grund anzugeben gewußt, außer höchstens, daß ihm dieser Diener verhaßt war wie der schlimmste Beleidiger, der auf der Welt zu finden ist. Andererseits wurde er in dieser Nacht mehrmals von einer unerklärlichen Zaghaftigkeit befallen, die ihm, das fühlte er, geradezu seine physischen Kräfte nahm. Dir Kopf tat ihm weh, und es schwindelte ihm. Ein Gefühl des Hasses beklemmte seine Seele, als hätte er vor, sich an jemand zu rächen. Er haßte sogar Aljoscha, in Erinnerung an das Gespräch, das er vor kurzem mit ihm geführt hatte. Er haßte in einzelnen Momenten auch sich selbst heftig. Katerina Iwanowna hatte er fast ganz vergessen, darüber wunderte er sich später sehr, zumal er sich lebhaft erinnerte, was er noch am letzten Vormittag empfunden hatte, als er so schwungvoll bei Katerina Iwanowna verkündete, er werde morgen nach Moskau fahren. Damals hatte er sich nämlich im stillen gesagt, ›Das ist ja alles Unsinn, du wirst nicht wegfahren. Es fällt dir nicht so leicht, dich loszureißen, wie du jetzt prahlst.‹ Wenn er später an diese Nacht zurückdachte, erinnerte sich Iwan Fjodorowitsch mit besonderem Widerwillen, wie er ein paarmal vom Sofa aufgestanden war und leise, als fürchtete er, gesehen zu werden, die Tür geöffnet und gehorcht hatte, wie Fjodor Pawlowitsch in den unteren Zimmern auf und ab ging. Er hatte lange gehorcht, jedesmal wohl fünf Minuten lang, mit einer seltsamen Neugier, mit angehaltenem Atem und Herzklopfen. Doch wozu er das alles tat, wozu er horchte, das wußte er beim besten Willen selbst nicht. Dieses Verhalten bezeichnete er in seinem ganzen späteren Leben als abscheulich; er hielt es sein Leben lang im tiefsten Innern seiner Seele für die gemeinste Handlung seines ganzen Lebens. Gegenüber Fjodor Pawlowitsch empfand er in diesen Augenblicken nicht einmal Haß, eher eine gewisse Neugier: wie er da unten umherging, was er jetzt zum Beispiel dort wohl tat. Er malte sich aus, wie der Alte da unten durch die dunklen Fenster schaut und plötzlich mitten im Zimmer stehenbleibt und wartet, ob nicht jemand klopft. Zweimal ging Iwan Fjodorowitsch zu diesem Zweck auf die Treppe hinaus. Als alles still geworden war und sich Fjodor Pawlowitsch bereits schlafen gelegt hatte, gegen zwei Uhr, legte sich auch Iwan Fjodorowitsch mit dem Wunsch hin, recht bald einzuschlafen; da er sich sehr erschöpft fühlte. Und wirklich sank er sofort in einen festen, traumlosen Schlaf. Er erwachte frühmorgens gegen sieben, als es schon hell war. Kaum hatte er die Augen geöffnet, spürte er zu seiner Verwunderung plötzlich, daß ihn eine ungewöhnliche Energie durchströmte. Er sprang schnell aus dem Bett, zog sich an, zog seinen Koffer hervor und begann ihn unverzüglich zu packen. Es traf sich gut, daß er seine ganze Wäsche schon am vorhergehenden Morgen von der Waschfrau zurückerhalten hatte. Iwan Fjodorowitsch lächelte sogar bei dem Gedanken, daß auf diese Weise alles zusammentraf und seine plötzliche Abreise durch nichts aufgehalten wurde. Denn obgleich Iwan Fjodorowitsch am Vortag zu Katerina Iwanowna, zu Aljoscha und dann zu Smerdjakow gesagt hatte, er werde morgen abreisen, hatte er doch, als er sich in der Nacht schlafen legte, nicht an eine Abreise gedacht, zumindest nicht, daß er sich am Morgen nach dem Aufwachen zuallererst daranmachen würde, seinen Koffer zu packen. Endlich waren Koffer und Reisetasche fertig. Es war schon gegen neun, als Marfa Ignatjewna mit der üblichen Frage in sein Zimmer trat: »Wo belieben Sie den Tee zu trinken – bei sich, oder kommen Sie nach unten?« Iwan Fjodorowitsch ging nach unten; sein Gesicht war beinahe fröhlich, obwohl in seinen Worten und Gebärden etwas Unruhiges und Hastiges lag. Nachdem er den Vater freundlich begrüßt und sich sogar ausdrücklich nach seinem Befinden erkundigt hatte, erklärte er, ohne übrigens eine Antwort auf seine Frage abzuwarten, er werde in einer Stunde nach Moskau abreisen, und zwar für immer, und bitte, einen Wagen holen zu lassen. Der Alte hörte die Nachricht ohne die geringste Verwunderung und vergaß unhöflicherweise über die Abreise seines Sohnes Bedauern zu äußern. Statt dessen wurde er auf einmal sehr geschäftig; ihm war gerade zur rechten Zeit eine wichtige eigene Angelegenheit eingefallen.

»Soso. Du bist mir einer. Hast gestern keine Silbe davon gesagt. Na, macht nichts, wir werden das gleich besorgen. Tu mir einen großen Gefallen, lieber Sohn: Fahr in Tschermaschnja vorbei! Du brauchst ja von der Poststation Wolowja nur einen Abstecher nach links zu machen, lumpige zwölf Werst, und schon bist du in Tschermaschnja.«

»Ich bitte Sie, das ist ausgeschlossen. Bis zur Eisenbahn sind es achtzig Werst, und der Zug nach Moskau fährt von der Station um sieben Uhr ab. Das schaffe ich gerade so.«

»Du wirst auch morgen oder notfalls übermorgen noch zurechtkommen. Heute fahre bitte in Tschermaschnja vorbei! Du hast keine große Mühe damit und beruhigst deinen Vater! Wenn ich hier nicht meine Geschäfte hätte, wäre ich schon längst selbst einmal hingefahren, weil die Angelegenheit dort eilig und wichtig ist. Ich habe hier jedoch... Es ist mir zur Zeit eben nicht möglich... Siehst du, ich habe dort einen Wald, der in zwei Distrikten liegt, in Begitschewo und in Djatschkino, ganz abgelegen. Die Holzhändler Maslow, Vater und Sohn, bieten für das gesamte Holz nur achttausend Rubel. Voriges Jahr nun machte sich ein Aufkäufer an mich heran, der zehntausend bot; er war nicht von hier, das ist die Sache. An die Leute von hier kann ich das Holz nämlich nicht losschlagen: Die Maslows, Vater und Sohn, besitzen Hunderttausende und beherrschen das ganze Geschäft. Was sie bieten, das muß man nehmen, und von den Leuten hier wagt niemand, mit ihnen in Konkurrenz zu treten. Jetzt hat mir der Pope von Iljinskoje vorigen Donnerstag geschrieben, daß Gorstkin angekommen ist, ebenfalls ein Kaufmann. Ich kenne ihn, das Wertvolle daran ist, daß er nicht von hier stammt, sondern aus Pogrebowo; darum braucht er sich vor den Maslows nicht zu fürchten. Er sagt, er will elftausend Rubel für das Holz geben, hörst du? Er wird aber, wie mir der Pope schreibt, nur noch eine Woche bleiben. Also könntest du hinfahren und eine Einigung mit ihm zustande bringen.«

»Schreiben Sie doch an den Popen, dann kann der die Sache erledigen.«

»Der versteht nichts davon, das ist ja das Malheur. Dieser Pope hat keine Augen im Kopf. Er ist ein Goldmensch, ich würde ihm ohne weiteres zwanzigtausend Rubel ohne Quittung zur Aufbewahrung übergeben. Doch die Augen versteht er nicht aufzumachen, als ob er überhaupt kein Mensch wäre, jeder Maulaffe kann ihn betrügen. Und denk mal, dabei ist er ein gelehrter

Mann. Dieser Gorstkin sieht aus wie ein Bauer und trägt ein blaues ärmelloses Wams, aber seinem Charakter nach ist er der reine Schurke, darüber klagen wir alle! Er lügt, das ist es. Manchmal lügt er so, daß man sich nur wundern kann, warum. So log er vor zwei Jahren, seine Frau sei ihm gestorben und er sei schon mit einer anderen verheiratet. Und davon war nichts wahr, denk mal an! Seine Frau ist nie gestorben, sie lebt jetzt noch und verprügelt ihn alle drei Tage. Darum muß man auch jetzt aufpassen, ob er lügt oder die Wahrheit spricht, wenn er sagt, er will das Holz kaufen und elftausend Rubel dafür geben.«

»Dann werde ich da auch nichts ausrichten, ich habe ja auch keine Augen im Kopf.«

»Nein, warte, dazu wird es bei dir reichen. Ich werde dir alle Merkmale mitteilen, ich meine von Gorstkin, ich habe mit dem ja schon seit langer Zeit zu tun. Siehst du, du mußt auf seinen Bart achten. Er hat so ein rötliches, häßliches, dünnes Bärtchen. Wenn das zittert und er selber in ärgerlichem Ton spricht, dann ist es in Ordnung, dann sagt er die Wahrheit und will das Geschäft machen. Wenn er sich aber den Bart mit der linken Hand streicht und dabei lächelt, na, dann will er einen übers Ohr hauen und schwindelt. Nach seinen Augen darf man sich niemals richten; an denen ist gar nichts zu erkennen, die sind wie dunkles Wasser. Er ist ein Gauner, achte du nur auf seinen Bart. Ich werde dir einen Zettel an ihn mitgeben, den mußt du ihm zeigen. Wenn du mit ihm einig wirst und siehst, daß die Sache in Ordnung ist, dann schreib es mir gleich. Schreib nur: ›Er lügt nicht.‹ Besteh auf elftausend, tausend kannst du allenfalls ablassen, mehr nicht! Bedenke nur, achttausend und elftausend, das ist eine Differenz von dreitausend Rubeln. Diese dreitausend Rubel sind für mich so gut wie gefunden, gut zahlende Aufkäufer sind selten, und ich brauche das Geld sehr dringend. Wenn du mir mitteilst, daß es ernst ist, werde ich selbst hinfahren und die Sache abschließen; irgendwie werde ich mir die Zeit dann schon abknapsen. Jetzt hat es für mich keinen Zweck hinzufahren, wo alles vielleicht doch nur eine Phantasie des Popen ist. Na, wirst du fahren oder nicht?«

»Ich habe keine Zeit. Entbinden Sie mich davon!«

»Tu doch deinem Vater den Gefallen, ich werde es dir nie vergessen! Ihr seid alle so herzlos, das ist es! Kommt es dir etwa auf einen oder zwei Tage an? Wo willst du denn hin? Nach Venedig? Dein Venedig wird in zwei Tagen nicht einstürzen. Ich würde Aljoscha schicken, aber was versteht Aljoscha von solchen Geschäften? Ich wende mich an dich einzig und allein deswegen, weil du ein kluger Mensch bist, das sehe ich ja. Mit Holz handelst du zwar nicht, dafür hast du Augen im Kopf. Zu der Sache gehört nichts weiter, als daß man achtgibt, ob der Mensch im Ernst redet oder nicht. Ich sage, achte auf seinen Bart! Zittert der, dann redet er im Ernst.«

»Sie schicken mich also von sich aus in dieses verdammte Tschermaschnja, ja?« rief Iwan Fjodorowitsch boshaft lächelnd.

Fjodor Pawlowitsch bemerkte die Bosheit nicht oder wollte sie nicht bemerken. Nur auf das Lächeln reagierte er. »Also wirst du hinfahren, du wirst fahren? Ich werde dir gleich den Zettel schreiben.«

»Ich weiß noch nicht, ob ich hinfahren werde. Ich weiß es noch nicht, ich werde mich unterwegs entscheiden.«

»Ach was, unterwegs, entscheide dich gleich! Entscheide dich, Täubchen! Wenn du mit ihm eine Übereinkunft erzielt hast, schreib zwei Zeilen und händige sie dem Popen aus, der wird mir dein Zettelchen sofort schicken. Dann werde ich dich nicht länger aufhalten, dann fahr meinetwegen nach Venedig! Der Pope wird dich mit seinem Wagen zur Station Wolowia zurückbringen...«

Der Alte war geradezu entzückt. Er schrieb das Zettelchen, es wurde nach einem Wagen geschickt und ein Imbiß mit Kognak auf den Tisch gestellt. Wenn der Alte vergnügt war, wurde er sonst immer redselig; diesmal schien er sich jedoch Zurückhaltung aufzuerlegen. Von Dmitri Fjodorowitsch zum Beispiel sagte er nichts, kein einziges Wort. Die bevorstehende Trennung rührte ihn nicht besonders. Es machte sogar den Eindruck, als wüßte er nicht, wovon er sprechen sollte. Iwan Fjodorowitsch bemerkte das sehr wohl.

›Er hat mich doch wohl satt‹, dachte er im stillen.

Erst als der Alte seinen Sohn bis an die Haustür begleitet hatte, bekundete er eine Art von Unruhe und machte Anstalten,

ihn zu küssen. Doch Iwan Fjodorowitsch streckte ihm rasch die Hand zum Abschied hin, offenbar, um dem Küssen zu entgehen. Der Alte begriff das auch sofort und ließ von seinem Vorhaben ab.

»Nun, mit Gott, mit Gott!« sagte er ein paarmal von der Haustür aus. »Du wirst ja wohl noch einmal im Leben wiederkommen? Na, komm nur, ich werde mich immer freuen. Na, Christus sei mit dir!«

Iwan Fjodorowitsch stieg in den Wagen.

»Lebe wohl, Iwan! Schimpf nicht zu sehr über mich!« rief ihm der Vater zu guter Letzt noch zu.

Auch die ganze Dienerschaft war gekommen, um Abschied zu nehmen: Smerdjakow, Marfa und Grigori. Iwan Fjodorowitsch schenkte jedem von ihnen zehn Rubel.

Als er sich schon in den Wagen gesetzt hatte, sprang Smerdjakow hinzu, um ihm die Wagendecke zurechtzulegen.

»Siehst du, ich fahre nach Tschermaschnja«, sagte Iwan Fjodorowitsch auf einmal unwillkürlich, so wie am Abend vorher, als ihm die Worte auch wider Willen entschlüpft waren. Diese Mitteilung begleitete er mit einem nervösen Lachen.

Daran mußte er später noch lange denken.

»Also haben die Leute recht, wenn sie sagen, daß mit einem klugen Menschen auch ein kurzes Gespräch von Nutzen ist«, antwortete Smerdjakow fest und blickte Iwan Fjodorowitsch durchdringend an.

Die Pferde zogen an, und der Wagen fuhr schnell los. In der Seele des Reisenden sah es trüb aus; doch er schaute trotzdem eifrig nach den Feldern, den Hügeln, den Bäumen ringsum und nach einer Schar wilder Gänse, die hoch über ihm am hellen Himmel dahinflog. Und auf einmal wurde ihm wohl zumute. Er versuchte ein Gespräch mit dem Kutscher anzuknüpfen, und etwas von dem, was der Bauer antwortete, interessierte ihn außerordentlich. Einen Augenblick später merkte er aber, daß alles an seinen Ohren vorbeigeglitten war und er in Wirklichkeit nichts von dem, was der Bauer gesagt hatte, verstanden hatte. Er verstummte, und auch so war es schön: Die Luft war rein, frisch und ein bißchen kalt, der Himmel klar. Vor seinem geistigen Auge tauchten die Gestalten Aljoschas und Katerina Iwanownas auf; da lächelte er leise und hauchte die lieben Trugbilder an, sie zerstoben.

›Auch ihre Zeit wird kommen‹, dachte er.

Schnell erreichten sie die erste Station, wechselten die Pferde und jagten weiter in Richtung Wolowja.

›Warum ist mit einem klugen Menschen auch ein kurzes Gespräch von Nutzen? Was wollte er damit sagen?‹ Dieser Gedanke nahm ihm fast den Atem. ›Warum habe ich ihm aber auch mitgeteilt, daß ich nach Tschermaschnja fahre.‹

Sie waren in Wolowja angekommen. Iwan Fjodorowitsch stieg aus, und einige Fuhrleute umringten ihn. Er einigte sich mit einem von ihnen über den Preis einer Fahrt nach Tschermaschnja, zwölf Werst Landweg mit Mietspferden. Er befahl dem Kutscher anzuspannen. Dann ging er in das Stationsgebäude, schaute sich dort um, warf einen Blick auf die Frau des Postmeisters und ging wieder hinaus.

»Ich will nicht nach Tschermaschnja fahren. Komme ich noch zurecht zur Eisenbahn, zum Siebenuhrzug, Leute?«

»Wir werden es gerade schaffen. Befehlen Sie anzuspannen?«

»Ja, spann sofort an! Ist einer von euch morgen in der Stadt?«

»Gewiß doch. Hier, Mitri ganz sicher.«

»Kannst du mir einen Gefallen tun, Mitri? Bei meinem Vater Fjodor Pawlowitsch Karamasow vorbeigehen und ihm sagen, daß ich nicht nach Tschermaschnja gefahren bin? Kannst du das?«

»Warum nicht? Ich werde vorbeigehen. Fjodor Pawlowitsch kenne ich schon lange.«

»Da hast du ein Trinkgeld, weil er dir vielleicht nichts geben wird«, sagte Iwan Fjodorowitsch mit heiterem Lachen.

»Nein, der wird mir bestimmt nichts geben«, erwiderte Mitri ebenfalls lachend. »Danke, gnädiger Herr. Ich werde es bestimmt ausrichten.«

Um sieben Uhr abends stieg Iwan Fjodorowitsch in den Zug und fuhr nach Moskau.

»Weg mit allem, was bisher gewesen ist! Mit der ganzen bisherigen Welt habe ich für alle Zeit abgeschlossen, und keine

Kunde, kein Ruf aus ihr soll mich mehr erreichen! Hinein in eine neue Welt, zu neuen Orten! Vorwärts – ohne einen Blick zurück!«

Aber statt Begeisterung überkam ihn plötzlich Traurigkeit, und ein dumpfer Schmerz, wie er ihn in seinem ganzen Leben noch nicht kennengelernt hatte, quälte sein Herz. Die ganze Nacht ließen ihn seine Gedanken nicht schlafen. Der Zug flog dahin, und erst als sie bei Tagesgrauen in Moskau einfuhren, kam er gewissermaßen zur Besinnung.

»Ich bin ein Schurke!« flüsterte er vor sich hin.

Fjodor Pawlowitsch aber blieb, nachdem er seinen Sohn hinausbegleitet hatte, in sehr zufriedener Stimmung zurück. Ganze zwei Stunden fühlte er sich beinahe glücklich und trank ab und zu ein Gläschen Kognak. Doch plötzlich ereignete sich im Hause etwas sehr Ärgerliches und für alle sehr Unangenehmes, was Fjodor Pawlowitsch sofort zutiefst bestürzte. Smerdjakow war aus irgendeinem Grund in den Keller gegangen und von der obersten Stufe gestürzt. Es war noch gut, daß Marfa Ignatjewna in diesem Augenblick zufällig auf dem Hof war und es rechtzeitig hörte. Den Fall selbst sah sie nicht; dafür hörte sie einen Schrei, den eigenartigen, ihr aber schon bekannten Schrei eines Epileptikers, der einen Anfall bekommt. Ob ihn der Anfall in dem Moment überrascht hatte, als er die Stufen hinabzusteigen begann, so daß er natürlich sogleich bewußtlos hinunterstürzen mußte, oder ob sich umgekehrt infolge des Falls und der Erschütterung bei dem notorischen Epileptiker Smerdjakow der Anfall eingestellt hatte, war nicht zu entscheiden. Als man ihn fand, lag er schon auf dem Boden des Kellers, in Krämpfen und Zuckungen, um sich schlagend, und mit Schaum vor dem Mund. Man glaubte anfangs, er habe sich etwas gebrochen, einen Arm oder ein Bein, oder sich anderweitig beschädigt; doch »Gott hat ihn behütet«, wie sich Marfa Ignatjewna ausdrückte: Es war nichts Derartiges geschehen. Es war nur schwer, ihn richtig, zu fassen und ihn aus dem Keller ins Freie zu tragen. Aber sie baten die Nachbarn um Hilfe und kamen so, wenn auch mit Mühe, zurecht.

Auch Fjodor Pawlowitsch war persönlich anwesend und half selbst mit. Er war offenbar sehr erschrocken und beinahe fassungslos. Der Kranke kam jedoch nicht zur Besinnung; die Anfälle hörten zwar zeitweilig auf, kehrten aber dann wieder, und alle folgerten daraus, der weitere Verlauf werde sein wie im vorigen Jahr, als er vom Dachboden gefallen war. Sie erinnerten sich, daß ihm damals Eis auf den Kopf gelegt worden war. Eis war im Keller noch vorhanden, und Marfa Ignatjewna machte ihm eine Packung; Fjodor Pawlowitsch schickte gegen Abend noch zu Doktor Herzenstube, der unverzüglich kam. Nachdem er den Kranken sorgsam untersucht hatte – er war der gewissenhafteste Arzt im ganzen Gouvernement, ein sehr achtbarer älterer Herr –, erklärte er, der Anfall sei von außerordentlicher Art und »es drohe vielleicht Gefahr«. Vorläufig verstehe er noch nicht alles; morgen früh werde er, sollten die jetzigen Mittel nicht helfen, zu anderen greifen. Der Kranke wurde im Seitengebäude ins Bett gepackt, in einem Zimmer neben dem Grigoris und Marfa Ignatjewnas.

Fjodor Pawlowitsch mußte den Tag über ein Unglück nach dem anderen ertragen. Das Mittagessen hatte Marfa Ignatjewna zubereiten müssen; infolgedessen schmeckte die Suppe, mit Smerdjakows Kunstleistungen verglichen, wie Spülwasser, und das Huhn erwies sich als so trocken, daß es überhaupt nicht zu kauen war. Auf die bitteren, allerdings wohl berechtigten Vorwürfe ihres Herrn erwiderte Marfa Ignatjewna, das Huhn sei ohnehin schon sehr alt gewesen, und sie selbst habe nicht Koch studiert. Gegen Abend kam noch eine andere Sorge hinzu. Fjodor Pawlowitsch erhielt die Meldung, Grigori, der schon seit zwei Tagen krank war, habe sich wegen heftiger Kreuzschmerzen zu Bett legen müssen.

Fjodor Pawlowitsch beendete den Tee so früh wie möglich und schloß sich allein im Haus ein. Er befand sich in schrecklicher, beängstigender Spannung. Ausgerechnet an diesem Abend erwartete er Gruschenka fast mit Sicherheit. Zumindest hatte ihm Smerdjakow schon morgens versichert, sie habe versprochen, bestimmt zu kommen. Das Herz des erregten alten Mannes schlug unruhig, er lief in seinen leeren Zimmern auf und ab und horchte. Dauernd mußte er sein Ohr anstrengen; Dmitri Fjodorowitsch konnte ihr irgendwo auflauern, und wenn sie ans Fenster klopfte – Smerdjakow hatte ihm schon vor zwei Tagen versichert, daß er ihr mitgeteilt habe, wo und wie sie klopfen müsse –, mußte er so schnell wie möglich die Tür öffnen und sie nicht eine Sekunde vergebens warten lassen, damit sie nicht, was Gott verhüte, Angst bekam und wieder weglief. Ja, Fjodor Pawlowitsch hatte seine schweren Sorgen; aber noch nie hatte sich sein Herz in so süßen Hoffnungen gewiegt. Man konnte ja fast mit Sicherheit sagen, daß sie diesmal unbedingt kommen mußte!

www.ingramcontent.com/pod-product-compliance
Lightning Source LLC
LaVergne TN
LVHW021017200726
843506LV00012B/2384